久坂部羊

R.I.P.

安らかに眠れ

講談社

R.
I.
P.

安らかに眠れ

装画
Hermippe

装幀
albireo

「それはもちろんいいでしょう。本人が望んでいるのだから」
「ほんとうの思いやりについて、もう少し真剣に考えてみてください」

【村瀬真也《むらせしんや》氏が遺《のこ》した言葉】

【村瀬薫子《かおるこ》氏の手記】

わたしの次兄・村瀬真也が、三人の自殺志願者を殺害した容疑で、神奈川県警に逮捕されたのは、一昨年の九月六日である。

そのときの衝撃は、とても言葉では言い表せない。あれほど優しかった兄が、三人もの人を殺《あや》めただなんて、まさかそんなことはあり得ない。何かのまちがいに決まっている。そうとしか思えなかった。

しかし、兄の逮捕を告げに来た刑事は、どう見ても本物だったし、だれかがわたしをからかうようなシチュエーションも思い浮かばなかった。

わたしは栄創堂《えいそうどう》書店という出版社で、書籍編集者として働いている。入社して四年目。これまで担当したのは、オピニオンリーダーと言われる人の情報本や、ノンフィクション、エッセイ集などだ。

刑事は何の前触れもなく、突然、職場に現れた。上司の佐伯博《さえきひろし》部長に言われて応接室に行くと、二人の刑事が待っていた。七三分けの中年男性と、背の高い神経質そうな若手だった。

どちらもスーツ姿で、世間の人とはまるでちがう鋭い目をしていた。

「村瀬薫子さんですね。お兄さんの真也さんのことについてうかがいたいのですが」

質問は年長の刑事がした。真也との関《かか》わりや、最近会った日などを聞かれ、いったい何があったのかと訊《たず》ねると、真也の逮捕とその理由を告げられた。その瞬間、信じられない思いに身がすくみ、危うくパニックの発作を起こしかけた。

詳しい事情を知りたいと思ったが、刑事は「捜査中なので」と言葉を濁《にご》して、説明してくれなかった。自分たちは何も話さず、わたしからだけいろいろ聞き出そうとしているようだった。

真也の逮捕は、その日の夕刊に大きく報じられた。自殺志願者をＳＮＳでおびき寄せ、アパートで殺害したと書いてあった。真也がそんなことをするはずがない。そう思う一方で、こうして新聞に写真入りで報じられている以上、事実として受け入れざるを得ないのかとも思った。

真也はなぜ自殺志願者を殺めるようなことをしたのか。何か理由があったのか。あれやこれや思いが乱れ、すべてが嘘《うそ》か錯覚のようで、現実を見失ってしまいそうだった。


順序立てて書くことができない。

大事なことから書こうと思うが、些末《さまつ》なことが気にかかる。まず考えたのは、わたしがこのまま勤務を続けていいのかということだ。兄が逮捕されたとなれば、会社に迷惑がかかるのではないか。

逮捕の翌日、佐伯部長に進退伺いを立てると、やめる必要はないと言われた。前日、刑事が帰ったあと、わたしはありのままを部長に話した。もちろん兄の逮捕は知られたくなかったが、隠してもすぐに公になるだろう。翌日の朝刊にも、これでもかというほど大きな記事が出た。

会社をやめてくれと言われたら、素直に身を引くつもりだった。しかし、ありがたいことに、上層部の判断はわたしに好意的だった。社長は驚いたようだったが、冷静な対応でわたしを慰《なぐさ》めてくれた。ただ、対外的な接触は避けたほうがいいということで、急遽《きゅうきょ》、書籍出版部から校閲部に移るように言われた。

自分の兄が殺人者になるなんて、想像もできないことだったが、現実から目を逸《そ》らすわけにはいかない。

三人の人間を殺害したという事実は、たとえどんな事情があったとしても、ぜったいに許されることではない。それは断じて超えてはならない一線だ。

真也に対する怒りと絶望。被害者に対する申し訳なさで、わたしは食事もロクに摂《と》れず、夜も眠れないほど苦しんだ。

その一方で、それまでの真也を思うと、理不尽に人を殺めるなどということが、どうしても信じられなかった。相手が自殺志願者だったのなら、もしかしてやむにやまれぬ事情があったのではないか。そう思いたい気持ちが胸の奥底を去らなかった。被害者やその遺族のことを考えれば、真也を弁護するようなことは言語道断かもしれない。しかし、ほんとうのところはどうだったのか。

同じ殺人でも、被害者が殺されることに同意していたのなら、単なる殺人罪ではなく、承諾殺人ということになる。量刑も死刑は適用されない。真也が犯したのはそれではないのか。あるいは自殺幇助《ほうじょ》。三人が自殺するのを手助けしたというのなら、それでももちろん許容はできないが、心の持ちようは大きく変わる。そこには汲《く》むべき事情もあるはずだ。それを真也の口からしっかりと説明してほしい。それが唯一、わたしが自分を支えるよすがだった。

なのにその思いは、第三回公判での真也の供述で完全に打ち砕《くだ》かれた。

真也の裁判員裁判がはじまったのは、逮捕から一年二ヵ月後の昨年十一月五日だった。横浜《よこはま》地方裁判所の506号法廷。初公判では起訴状の読み上げと、検察側の冒頭陳述が行われた。罪状認否では真也は答えを明らかにせず、代わりに被告代理人の佐原章夫《さはらあきお》弁護士が事実を争うと訴えた。

三週間後の第二回公判では、精神鑑定の結果が報告され、犯行時、真也は精神障害等の異常はなく、責任能力ありと判定された。

その二週間後に開かれた第三回公判で、被告人質問に立った真也は、検察官に、「あなたが三人を殺害した理由は何ですか」と問われて、こう答えた。

「三人が自殺を望んでいたから、死なせてあげたんです」

まるでよいことをしたかのような口ぶりだった。仮に遅刻の理由を聞かれたとしても、もう少し申し訳なさそうに答えるだろう。人を死に至らせたことを聞かれているのに、反省も後悔も感じられない。傍聴席に憤怒《ふんぬ》の衝撃が走るのをわたしは感じた。その暗黙の怒りはこう言っているようだった。

――おまえは人の命を何と心得ているのか。

実際、人を殺すという行為を、真也はどのように受け止めていたのか。

人を死なせれば、当然のことながら二度ともとにはもどらない。その人の人生だけでなく、家族や周囲の人間、自分の将来さえも取り返しのつかないものになる。

たとえ相手が死ぬことを承諾していたとしても、簡単には手を下せないはずだ。命を奪うということの重大さ、相手の苦痛や恐怖を思えば、ほかの行為とはまったくちがう畏《おそ》れがあるにちがいない。そのことに真也はおののかなかったのか。

いや、おののかなかったからこそ、三人もの人を手にかけたのだろう。

真也はいつからそんな人間になってしまったのか。

逮捕後、わたしは真也が収容されている相模原《さがみはら》の拘置所に何度も面会に行った。真也は頭を丸め、食事もあまり摂っていないようで、かなりやつれていた。青白い頰《ほお》ときつく閉じられた唇《くちびる》は、孤独な修行僧を思わせる。ただ、黒目がちな瞳《ひとみ》だけは静かに澄んでいた。

真也は真也なりに、償《つぐな》いの方法を探っているのだろう。それならこちらも余計なことは言わないほうがいい。そう考えて、わたしは黙って見守るつもりでいたのだ。

それなのにこの日、真也は平然と自分の行為を肯定した。

二人の検察官のうち、質問に立った若いほう（四十代前半で、銀縁眼鏡《めがね》に濃紺のスーツ姿で、いかにもエリート然とした男性）は、驚いたふうもなく続けて訊ねた。

「相手が自殺を望んだら、殺してもいいのですか」

「それはもちろんいいでしょう、だって、本人が望んでいるのだから」

どうしてそんなことが言えるのか。証言台に立つ真也は、別人のように見えた。わたしの知っている真也は、内気だけれど、まじめで思いやりのある人間だ。なのに目の前の人物は、だれもが共感しそうにないことを平然と口にしている。

検察官は予想通りの展開というように、余裕をにじませて聞いた。

「命の尊さとか、かけがえのなさについて、あなたはどう思いますか」

「命は大切だと思います」

「命より大切なものはありますか」

「いいえ」

「それなら、なぜ殺したのです」

「本人が死にたいと言ったから」

検察官はひとつ咳払《せきばら》いをし、わずかに上体を反《そ》らした。たぶんこの問答も想定内なのだろう。検察官の声には、どこか相手をいたぶるような不真面目《ふまじめ》さがあった。

「本人が望めば、何でも叶《かな》えていいのですか。もし仮に、相手があなたを殺したいと望んだら、あなたはそれを受け入れますか」

弁護人が手を挙げ、異議を唱えた。

「本件とは関係のない質問です」

裁判長が認めると、検察官は先ほどの問いを繰り返した。

「本人が望めば、何でも叶えるべきだと思いますか」

「内容によります」

「自殺は叶えるべき希望ということですか。それは命より大切なものはないという考えと矛盾しませんか」

真也は少し考えて、あっさりと供述を訂正した。

「命は大切ですが、ほかにも大切なものがあります」

「それは何ですか」

「本人の気持ちです」

そんなバカな。わたしはもっと納得できる理由があると思っていた。真也は哲学書やフロイトの本などをよく読んでいたから、きっと何か深遠で意義深い理由があるのだと思っていた。なのに、本人が死にたい気持ちなら死なせていいだなんて。

ここで検察官は、多くの人が記憶している事件を引き合いに出した。

「二〇一七年に、神奈川県のZ市で、多くの自殺志願者を殺害した猟奇殺人事件について、あなたはどう思いますか」

「別に何も」

「あなたがSNSを利用して自殺志願者を集めたのは、Z市の事件を模倣したのではありませんか」

「ちがいます」

「あの事件の犯人は、ツイッターで自殺幇助を仄《ほの》めかすアカウント名を使用していましたが、あなたも同様にSNS上で〝希死天使《きしてんし》〟を名乗っていた。やはり参考にしたのではありませんか」

〝希死天使〟は真也が用いていたハンドルネームで、メディアはそれをもとに、この事件を『希死天使事件』と報じていた。

　真也が否定すると、検察官はさらに質問を重ねた。

「Z市の事件の犯人は、自殺を手伝うことを装いながら、自分の欲望を満たすために、被害者を集めています。そのことについては、どう感じますか」

「何も感じません」

　なぜ、そんな無頓着《むとんちゃく》な答え方をするのか。たいていの人は、あの事件におぞましさを感じ、許せないという感情を抱いたはずだ。何も感じていないなんて言ったら、真也もZ市の犯人と同類と見なされるのがわからないのか。

「あの裁判では、被告はことさら遺族の心情を傷つけるような証言をしました。あなたは自身の被害者の遺族の悲しみについてはどう思いますか」

「遺族には会ったことがないので、わかりません」

「それでも想像することはできるでしょう」

「遺族にもいろいろな人がいるので、勝手に想像することは意味がありません。それに僕は、遺族の気持ちより、本人の気持ちのほうが大事だと思います」

また本人の気持ちかというように、検察官は苦笑まじりに首を振った。

それは裁判員に向けてのアピールのようだった。被告は性懲《しょうこ》りもなく、わけのわからないことを言っていると――。


裁判では真也は一貫して、自殺志願者を殺害した自らの行為を肯定した。

被害者と知り合うきっかけになったSNSに、真也は『自殺を手伝います』とか、『苦しまずに死ねます』とか、『ノウハウはあります』などと、人助けを申し出るように書いていた。

自殺しようとしている人がいたら、止めようとするのがふつうじゃないか。

検察官も同じように問うた。

「自殺を望む人に、なぜ思いとどまるよう説得しなかったのです」

「説得はしました」

「どのように説得したのですか」

「どうしても死にたいですかと訊ねたり、生きる気にはなれませんかと聞きました」

「それは説得ではないですね。単に意思を確認しただけではないですか」

「そうですね。でも、無理に生きろとは言えなかったので」

「なぜです」

「僕には、あの三人の自殺の原因を取り除くことができませんでしたから」

「それはあなたの役目ではないでしょう」

「苦しみを取り除くことができないのに、生きろと言うのは、ひどいことだと思います。この先、生きていてもいいことがあるかどうかわからないのに」

「でも、いいことがある可能性はありますよね。死んでしまえばそれもなくなってしまう。それでも死んだほうがいいと思うのですか」

「死ねば少なくとも今の苦しみからは解放されますから」

「苦しみからの解放は、考え方や受け止めようによっても可能でしょう。なぜその可能性を大事にしようと思わないのですか」

「可能性を大事にしろとは、僕の口からは言えません。それは無責任なことですから」

「無責任？」

自分の問いかけを無責任と言われたことで、検察官は気分を害したようだった。

「本人が望んでいるからと言って、はいそうですかと殺すほうが、よほど無責任ではありませんか」

声が怒っていた。しかし、真也は臆《おく》することなく答えた。

「僕はそうは思いません」

わたしは真也に反省してもらいたかった。殺害を悔《く》い、自分の過《あやま》ちを認めてほしかった。それが償いのまず第一歩だからだ。身内を失った遺族の悲しみに思いを馳《は》せ、申し訳なかったと真摯《しんし》に謝罪してほしかった。

もちろん、それで許されるはずもないが、せめて己を責め、罪の重さにおののき、悔いる姿を見せてほしい。それが世間に対する贖罪《しょくざい》の端緒になるのだから。


検察官は改まった調子でふたたび別の事件を持ち出した。

「あなたは、二〇一九年九月に埼玉県在住の二十二歳の男性が、初対面の三十六歳の女性の自殺を手伝うと称して、豊島《としま》区I地区のラブホテルで絞殺した事件を知っていますか」

「いいえ」

「男性はあなたと同様、SNSで自殺を手伝う旨のメッセージを多くの人に送り、持病に苦しんでいた女性からの依頼を受けて、殺害の場所や方法を相談した上で、ラブホテルで女性の首を絞めて窒息死させました。男性は公判で『自殺を望む人の役に立ちたかった』と供述しましたが、これについてどう思いますか」

「親切な人だと思います」

最前列で傍聴するわたしの背後で、何人もが身をのけぞらせ、眉《まゆ》をひそめる気配が伝わってきた。その棘《とげ》のような視線を背中に感じながら、わたしは居たたまれない思いで目を瞑《つぶ》った。人を死なせることが親切だなんて。しかも、相手は自殺を考えるほどつらい思いをしている人なのに。どうしてそんな卑劣な考えが浮かぶのか。

検察官は真也の答えを予測していたかのように、冷ややかに言った。

「男性は嘱託殺人の罪で、懲役五年の実刑判決を受けました。裁判長は、『事情を深く知りもせず、軽々しく自殺に関与することが人助けであるはずはなく、ひじょうに悪質』と断じました。これについてはいかがです」

少し間を置いてから、真也は法壇に顔を向けて言った。

「僕はその裁判長のほうが、軽々しく結論を出しすぎだと思います。だって、裁判長は亡くなった女性から話を聞いていないのですから」

検察官は何をバカなというように、真也をたしなめた。

「すでに亡くなっている女性から話を聞けるわけがないでしょう」

「それならその裁判長は、ひじょうに悪質などと言う前に、事件には解明できない側面があることを認めるべきです。それに、裁判長が言うように、事情を深く知りもせず、軽々しく自殺に関与するのが人助けでないのなら、逆に事情を深く知って、熟慮して関与するなら、人助けになるとも受け取れます」

検察官は今度ははっきりと怒りの表情を浮かべた。傍聴席にも同じ空気が広がった。被告人は裁判長の発言をねじ曲げている、詭弁《きべん》だ、卑怯《ひきょう》な言い逃れだと、傍聴人は思っただろう。

わたしはほとんど絶望していた。真也の心がわからない。いくら本人が望むからと言っても、簡単に自殺を認めていいわけがないではないか。ましてやそれが人助けになるなどと、どこを押せばそんな考えが出てくるのか。

母のことを思っただけでも、自殺に肯定的なことなど言えるはずもないのに——。

わたしたちの母・村瀬聡子《さとこ》は、八年前に自ら命を絶った。そのとき、わたしたち兄妹《きょうだい》はどれほど悲しみ、つらい思いをしたことか。

母が自殺したのは、わたしが高校三年生の夏だった。そのとき真也は二十一歳。高校を中退し、自室に引きこもって四年がたっていた。真也とわたしの上にはもう一人の兄がいて、その長兄・一也《かずや》は大学四年生で、就職が決まらず毎日イライラしていた。

——よりによって、なんでこんなときに死ぬんだよ。

通夜の席で一也はそう言って、居間の壁を殴りつけた。

当時、母は四十九歳で、自殺の原因はうつ病だった。自分はだめな母親で、主婦としても妻としても、十分なことができない、いったい自分は何のために生まれてきたのかと、何度も繰り返していた。

母がそんなふうになったのは、まじめで厳格な父のせいかもしれない。銀行員の父・寛之《ひろゆき》は、優秀な上に努力家で、入行時から幹部候補として本部勤務が長かった。

母が自殺したのは、父が本部を離れて町田《まちだ》支店の支店長になっていたときだ。父は多忙で、夕食を自宅で摂ることはめったになく、休日もほとんど接待や付き合いのゴルフだった。

もともと父は母に対して冷淡なところがあった。文句は言わないが、打ち解けることもない。わたしたち子どもに対してもそうだった。家の中には常に微妙なよそよそしさが漂《ただよ》っていた。

真也が引きこもりになったのも、そんな雰囲気が影響したのかもしれない。子どものころから繊細で、優しかった真也は、高校二年生のときに哲学めいたものに目覚め、本ばかり読むようになった。学校を休みがちになり、高校三年の一学期に完全な不登校になった。担任からは留年を勧められたが、本人の意思で退学した。両親には高卒認定試験を受けると言っていたようだが、結局、そのままになってしまった。

真也の引きこもりが、母のうつ病の原因になったとは思わない。母は真也に理解があり、無理に学校へ行かせようとはしなかった。将来はどうするのとか、いつまで引きこもっているつもりかなどとも聞かなかった。母にはそんなことが何の意味もない、単なる自分の心配の押しつけであることがわかっていたのだろう。

父も真也の引きこもりにはとやかく言わなかった。ただし、それは見守るとか、じっと待つとかいうのではなく、仕事が多忙なため、考えたくないというのが本音だったろう。鷹揚《おうよう》に見せかけて、実は向き合っていない。真也にとっては都合がよかったのかもしれないが、父親の責任という意味では、非難されても仕方がない。

母の自殺後、父は本部にもどり、五年前、執行役員になったが、昨年、ステージⅣの大腸がんと診断された。あれこれ治療したが効果はなく、六十一歳の今は、横浜市旭《あさひ》区の病院で緩和ケアを受けている。医者に言われた余命は三ヵ月だ。

就活で苦労していた一也は、幸運にも二次募集でけっこう名の知れた証券会社に採用され、焦りと不運を呪《のろ》う日々から解放された。そして、やはり自分は優秀なのだと自信を取りもどし、エリート証券マンになるという新たな目標を手に入れた。彼は猛烈に働き、厳しいノルマも果たして、同期でトップの成績を挙げた。

その一也が、真也の事件を知らされたときの第一声はこうだ。

――そんなにまでして、俺の人生をメチャクチャにしたいのか。

一也がそんなふうに言ったのには理由がある。

一也と真也は年子だが、四月生まれの一也と、翌年の三月に早産で生まれた真也は、学年が同じだった。小学生の一歳近い差は大きい。一也は勉強も運動もでき、ゲームなども上手で、ほとんどすべてにおいて真也に優《まさ》っていた。だが、身長が真也より低かった。その差は十歳ごろには五センチほどにもなった。弟より背が低いことに、一也は耐えがたい屈辱を感じていたようだ。

何でもできる人間は、たったひとつの負けが却《かえ》って認めがたいのだろう。はじめはそうでもなかったが、小学四年生ごろから、一也は何かにつけ真也をいじめるようになった。

真也は内向的で、勉強も運動も一也ほどにはできない。身長で兄に勝っていることは、何の慰めにもならなかった。むしろ背の高さを持て余していた。真也は一也にいじめられても泣かず、恨みがましい目で兄を見つめるばかりだった。それがよけいにムカつくのか、一也のいじめはさらにエスカレートした。失敗を嘲笑《ちょうしょう》し、知らないことをバカにし、苦手なことを無理にさせた。たとえば、真也が嫌いな煮魚をわざと母にリクエストしたり、真也が負けるとわかっている対戦ゲームをさせたりだ。

それでも、一也はいじめてばかりだとまずいと思うのか、親の顔色を見るように勉強を教えたり、逆上《さかあ》がりの仕方をコーチしたりすることもあった。

真也の事件が発覚したとき、一也は自分のキャリアに大きなマイナスになると直感したのだろう。それで被害妄想みたいな言葉を発したのだ。

真也が事件を起こしたのは、むろん、一也の人生を壊すためではない。

真也の心は、引きこもりになった高校三年生あたりで、完全に一也から離れた。あるいは、一也という存在から自由になるために、高校をやめて読書にのめり込んだのかもしれない。

一也は一也で、そんな真也に見切りをつけ、受験勉強に励《はげ》んだ。おかげで父が出たのと同じ東京の一流私立大学の経済学部に合格し、自尊心を大いに満足させた。

大学生活は楽しかったようで、まだ中学生だったわたしによく自慢話をした。

――大学生の合コンは、人間の品評会みたいなもんだ。まずは大学名でブランドが決まる。あとはルックスと話術。それに頭の回転だ。人生を楽しくするには、地道な努力なんか必要ない。

――俺が今やってる家庭教師のバイトは時給五千円だ。そんなのを知っちゃうと、単純な肉体労働なんかできないよな。

――薫子。おまえもしっかり勉強して、アドバンテージになる大学に入らないとだめだ。大学の名前は一生ついてまわる。学歴なんて関係ないとか言ってるヤツもいるが、それは嘘だ。社会に出たら、世間はまず学歴で人を見る。

今から思えば浅はかこの上ないアドバイスも、一也なりにわたしのことを考えてのことだったろう。わたしは優秀で快活な一也を尊敬する気持ちもあったが、真也に対するいじめだけは許せなかった。同時にいつもやられっぱなしの真也にも、不甲斐《ふがい》ない思いを抱いていた。

一方、一也にとって背が低いことは、大学に入ってもコンプレックスだったようで、ふくらはぎを鍛《きた》えると称してつま先立ちで歩いたり、身長を伸ばす体操やサプリメントを試したり、シークレットブーツを買い込んだりした。なまじイケメンなので、背の低さが唯一最大の欠点のように感じられたのだろう。

わたしには、ショーウィンドウの前を通るたびにチラッと目線を動かす一也より、外見に無頓着な真也のほうが好ましく思えたが、もちろん一也には言わなかった。一也はわたしの言うことなど端《はな》から軽視していたので、言うだけ無駄だったのだ。

就職後、一也は身長を伸ばす努力をやめ、今はふつうの靴を履《は》いている。有能な証券マンという新たな評価を得たため、外見にこだわる必要がなくなったのだろう。それでも、コンプレックスが完全に消えたわけではない。その証拠に、ときどき言わずもがなの負け惜しみを言う。――ナポレオンもスターリンも小男だった、などと。


被告人質問での真也の供述は、初公判の罪状認否のときからおかしかった。

検察官が読み上げた起訴内容に対し、なぜ明確に「事実と異なります」と言わなかったのか。少なくとも、最初の被害者である千野翔子《ちのしょうこ》さんに対する性的暴行だけはなかったはずだ。

千野さんは当時、真也と同じ二十七歳。失恋の痛手から自殺を決意し、自分では決行できず、真也のもとにやってきた。裁判や週刊誌の記事で明かされた経緯は、およそ次のようなものだ。

千野さんは個人病院の事務職で、同じ病院に勤める男性看護師と恋愛関係になったが、男性が心変わりしたために精神的に不安定になり、男性にストーカー行為を働いたり、自殺未遂を行ったりした。男性はしばらくは千野さんを宥《なだ》めていたが、別の女性と付き合いはじめ、その女性との結婚話を打ち明けたことで、千野さんは絶望。それで苦しまずに死にたいという思いから、真也に助力を求めたというのだ。

千野さんは目立たない容貌《ようぼう》のほっそりした女性だった。事件発覚当時、新聞や週刊誌に掲載された写真を見ても、特に美人というわけではないが、不器量というのでもない。ただし、本人が残したメモによれば、自らを『何の取《と》り柄《え》もない女』と卑下《ひげ》していた。

自己評価なんて、ほんとうに当てにならない。千野さんは単に自分より優れた人、外見のよい人と自分を比べて、『何の取り柄もない』と思い込んだだけだ。

わたしは彼女に会ったことがあるからわかるが、千野さんは決して取り柄のない女性などではない。謙虚で、正直で、人に気遣《きづか》いのできる人だった。多少内気で、積極性に欠ける面はあったかもしれないが、それは見方を変えれば、人を押しのけたり、自己主張が強すぎたりすることのない美質でもあるはずだ。

わたしが千野さんと会ったのは、真也のアパートでだ。

その少し前、真也はJR相模線の番田《ばんだ》駅に近い1DKのアパートに引っ越ししていた。それまで勤めていた茅ヶ崎《ちがさき》市の印刷会社をやめて、ハローワークで仕事をさがすと言っていた。番田駅の近くを選んだのは、以前、わたしも通っていた「ホワイト心療内科クリニック」が近くにあったからだろう。わたしは五年ほど前、重症の不眠症になって、そのクリニックで院長の白島司《しろしまつかさ》先生の治療を受けていた。

白島先生は当時、わたしの心の支えとでも言うべき女性医師で、何人か医師を渡り歩いたわたしの苦しみを、最初の診察で見事に言い当てた。

――不眠症の人は、夜を恐れているのね。

たしかにそうだった。今夜もまた眠れないのじゃないか、つらい時間をすごさなければならないのかと、わたしは毎夜、知らず知らずのうちに緊張していた。

――でも、眠らなくてもいいのよ。目を閉じて、静かに横になっているだけで、脳も身体《からだ》も休まるから。眠っても、苦しい夢なんか見たら逆に疲れてしまうでしょう。

そう言って、小さく笑った。白島先生の治療は、薬と認知行動療法の併用で、眠りたい、眠らなければならないという気持ちを消し去るものだった。それがうまくいくと、徐々に眠れるようになった。そもそも、人間は眠らずにはいられない生き物なのだ。

真也の事件でふたたび眠れなくなったときも、わたしは白島先生の治療を思い出して、無理に眠ろうとはしなかった。いざとなれば、また先生の診療を受ければいい。そう思うだけで、少しは眠ることができた。

真也が同じく不眠症になったとき、わたしは迷わず白島先生を紹介した。真也も白島先生の治療が合ったらしく、不眠症以外にもいろいろ相談していたようだ。茅ヶ崎市から通えないこともなかったのに、わざわざ仕事をやめてまで近くに住まいを移したのは、よほど先生の治療が気に入ったからだろう。

新居が決まったというので、部屋を見がてら遊びに行くと、千野さんがいた。もちろん、自殺志願者であることは知らなかった。付き合っている女性という感じでもなく、以前からの知り合いで、困ったことがあるので相談に来たという印象だった。

「彼女、失恋したんだ」

真也がぼそっとつぶやくように言ったので、わたしは返事に困った。そんなデリケートなことを聞いていいのか。千野さんをチラと見ると、彼女は顔を伏せ、口元にかすかな笑みを浮かべた。失恋は痛手だったが、すでに立ち直り、精神的にも安定している。そんな感じだった。

今から思えば、自殺の目途が立ったことで、落ち着いて見えたのかもしれない。

しばらく話したあと、お茶を淹《い》れようとすると、千野さんは「わたしは帰ります」とソファから立ち上がった。引き留めようとしたが、「用事はすんだので」と出口に向かった。

千野さんが帰ってから、冗談半分に「真兄《しんにい》の彼女?」と聞くと、「ちがうよ、バカ」と、即座に否定された。それでなくても、二人の間に男女関係をうかがわせる雰囲気はまったくなかった。

真也はだれに対しても控《ひか》えめだったが、千野さんには特に紳士的に振る舞っていたようだ。だから、三人の殺害が報じられる中で、真也が千野さんを殺害する前に性的暴行を加えたという新聞記事が出たとき、わたしは驚き、激しい怒りを感じた。許せないというより、情けなかった。

裁判がはじまる前は、真也が千野さんを殺害したとしても、それは私利私欲や怒りのためではなく、善意の側面があるのではないかと思っていた。

むろん、いくら善意があっても、人を殺める行為に正当性などあり得ない。それでも、患者の苦しみを見かねた医師が、違法と知りつつ安楽死を実行するのと似た背景が、真也にもあったのではないか。

わたしは、そこに真也への心のつながりを見出《みいだ》そうとした。自殺志願者のためを思って死なせたのなら、それは単に非道な殺人ではなく、情状酌量《しゃくりょう》の余地があるはずだ。だから、殺めたことを反省し、悔いてくれれば、真也はまだしもまっとうな人間にもどれる。そうなれば、最愛の兄を卑劣な殺人者にしなくてすむ。

しかし、性的暴行には弁解の余地などない。死という厳粛この上ない瞬間の前に、鬼畜の行為に出たとすれば、人間としてこれ以上恥ずべきことはない。

この報道で、真也は社会の敵になった。だれもが自由に攻撃できる〝パブリックエネミー〟だ。


性的暴行の根拠とされたのは、遺体の発見時に千野さんの両手を縛っていた結束バンドだ。記事を読んですぐ、わたしは拘置所に真也を問いただしに行った。

「真兄は千野さんに何をしたの。性的暴行を加えるなんて最低よ。許せない」

わたしは怒りと悔《くや》しさで、真也を激しく責めた。真也は弁解も謝罪もせずに、目を伏せていた。そんな真也に焦《じ》れて、わたしは思わず声を尖《とが》らせた。

「何とか言ってよ！」

真也は顔を上げ、はにかむような声で言った。

「薫子がそんなに怒るとは思わなかったよ。信じられないかもしれないけど、僕は千野さんに暴行なんかしていない」

思いがけない言葉に、すぐ状況を理解できなかった。

「でも、新聞にもネットにも出ていたよ、真兄が供述したって」

「供述はした。でも、暴行はしてない」

どういうことか。戸惑うわたしに真也が説明した。

「取り調べをした刑事が、しつこく聞いてきたんだ。暴行もしただろう、おまえも男なら性的な欲求があったはずだと。否定しても聞き入れない。それどころか、言い逃れできると思うな、隠しても無駄だと脅したり、自白したほうがおまえも楽になる、そのほうが裁判官の心証もよくなる、亡くなった千野さんの供養にもなると宥めたり、俺はもう疲れた、頼むから自白してくれ、それで取り調べは終わるんだと懇願《こんがん》したり、あの手この手で僕に性的暴行を認めさせようとしたんだよ」

「でも、結束バンドで手首を縛ったんでしょう」

「それは千野さんに写真を持たせるためだよ」

真也によると、千野さんは男性看護師とのツーショット写真を遺体の胸元に持たせてほしいと頼んでいたらしかった。せめてもの思い出にしたかったのだろう。真也は写真を持たせようとしたが、うまく固定できないので、手近にあった結束バンドを使ったというのだ。

「どうして結束バンドなんか使ったの。そんなことするから性的暴行を疑われるんじゃない。リボンとか、せめてきれいな紐《ひも》を使うとかの配慮をすればよかったのに」

「千野さんは死んでるから何を使ってもわからないよ」

「そんなことを言うなら、写真を持たせる必要もないじゃない」

「それは頼まれたことだから」

真也の答えはとてもまともとは思えなかった。

「結束バンドを使った理由は、刑事さんに説明したの」

「したよ。嘘を言うなと怒鳴《どな》られただけだったけどね」

真也が嘘をついていないのは明らかだった。刑事が否定したのは、自分たちの取り調べに都合が悪かったからだ。

「持たせた写真は遺体から見つからなかったの」

「井戸の底にあったらしい。しっかり持たせたつもりだったけど、やっぱり落ちたんだな」

「それは証拠になるじゃない」

「いや、千野さんがもともと持っていたものだと言われた」

まるで他人事《ひとごと》だ。なぜもっと強く反論しないのか。わたしは混乱したが、そもそもの疑問にもどって訊ねた。

「だけど、どうしてやってもいないことを認めたの」

「なんとなく刑事が気の毒になって、認めたほうがいいような雰囲気になったんだ。そのほうが刑事も僕も楽になるように思えた。それでやりました、とね」

「そんなのおかしい。嘘の自白じゃない。千野さんの名誉はどうなるの。女性が暴行されて死ぬことの意味はわかってるの」

わたしは目の前の狭い台に両手を打ちつけた。真也は答えない。混乱したが、新たな希望もあった。もし真也が千野さんに性的暴行を加えていないのなら、少しは名誉も回復できる。

「今からでも遅くない。嘘の供述を撤回して。警察に発表を訂正してもらってよ。警察が言わないのなら、わたしが言う」

「もういいよ」

真也はうんざりしたように首を振った。わたしは興奮が抑えられず、アクリル板に顔がぶつかるくらいに身を乗り出した。

「真兄はその自白の意味がわかってるの。千野さんの名誉を傷つけただけじゃなくて、記事を見た世間は真兄のことを性欲に支配された卑劣漢だと見るのよ。やっぱりひどいヤツだと思うんだよ」

「だろうな」

「それでいいの？」

詰め寄るわたしに、真也は淡々と説明した。

「暴行を認めると、刑事は一瞬ほっとした顔になったけど、すぐまた強い口調になって、ほんとうにやったのか、出任せじゃないのか、詳しいことを話してみろと問い詰めてきた。どのタイミングで、どんなふうにやったのか、時間はどれくらいだったのか、相手の反応はどうだったのかと、細かいことまで聞かれた。適当に答えると、ちがう、あり得ん、嘘を言うなと責められて、こうだろ、ああだっただろと怒鳴られているうちに、ほんとうにそんなことがあったような気がしてきた。だから、供述書にも署名して、すみませんでしたと謝ったんだ。なんで謝ってるのか、自分でもわからないままにね」

思い出し笑いをするように口元を歪《ゆが》めた。聞いているわたしのほうが頭がおかしくなりそうだった。明らかに警察の誘導じゃないか。未《いま》だにそんなことが行われるのか。真也が作り話をしている？　いや、そんな話をすぐに思いつくはずはない。

動揺して手元に視線をさまよわせていると、覇気《はき》のない声が降ってきた。

「もう疲れたんだよ」

真也はため息をつき、さらにこう言った。

「僕は世間から憎悪されたほうがいいんだ」

どういうことか。真意を確かめようとしたとき、刑務官が面会の終了を告げた。真也は揺れるように立ち上がり、背を向けて出て行った。

起訴状によると、千野さんはわたしが会ったときを含めて三回、真也のアパートを訪れたあと、四回目に殺害された。殺害の方法は絞殺。その前に、真也は千野さんに酒と睡眠薬をのませて意識を奪っている。目的は性的暴行を加えるためというのが、検察の主張だった。真也は千野さんが眠ったあと、ふたたび意識を取りもどすことを恐れて、両手首を結束バンドで縛り、強制性交を行った後、絞殺したと断じられた。

絞殺の方法は、かねて用意したロープを頸部《けいぶ》に巻き、ドアノブに掛けて上体を浮かすことによる絞頸《こうけい》。完全に身体を浮かせて首を吊《つ》る〝定型的縊死《いし》〟ではなく、身体の一部が床についた〝非定型的縊死〟である。

一方、弁護人の冒頭陳述では、性的暴行の事実はないと主張された。結束バンドも千野さんの死後に写真を持たせるためだと、わたしが真也から聞いた通りの説明だった。酒と睡眠薬をのませたのは、千野さんが希望したからで、目的は死の恐怖を免《まぬが》れるため。絞殺の方法は起訴状と同じだった。

絞殺のあと、真也は千野さんの遺体を車に乗せ、太井上依知《おおいかみえち》線（相模原市緑《みどり》区と厚木市を結ぶ県道511号線）に近い空き地に向かい、かねてより目星をつけていた空井戸に遺体を遺棄した。井戸は深さ約五メートル。雑草が生い茂る野原にあり、半《なか》ば朽《く》ちた板のフタが載せられ、水は涸《か》れていた。

事件の発覚は、近くで遊んでいた中学生が異臭に気づいて井戸のフタを取ったことによる。その後、周囲の防犯カメラに映った映像から真也の車が特定され、逮捕につながった。

この空井戸には後の二人の被害者の遺体も遺棄されている。ただし、〝遺棄〟というのは、検察官の表現で、弁護人による冒頭陳述では、真也は被害者の遺体の腋《わき》に二重のロープを掛け、三人とも「衝撃を与えないようゆっくりと下ろした」と説明された。

しかし、新聞や週刊誌やネットの報道では、すべての記事が検察官の表現の通り、『空井戸に遺棄した』となっていた。

わたしがこの手記を書きはじめたのは、裁判や報道で明らかになっていないことを伝えるためだ。

些末なことかもしれないが、空井戸に遺体を「遺棄した」というのと、「衝撃を与えないようゆっくりと下ろした」とでは、まったく印象が異なる。「遺棄した」では、まるで遺体を井戸の中に投げ入れたかのようではないか。

そう言えば、死体遺棄事件では、たいてい「遺棄した」と書かれるだけで、どう遺棄したかは報じられない。投げ捨てたのか、そっと横たえたのか、あるいは埋葬《まいそう》したのか。いずれも「遺棄」は「遺棄」だが、それによって容疑者の心情も異なるはずだ。

報道は嘘は伝えないが、事実のすべてを説明しない。伝えるのは世間が欲する情報だけだ。この場合、真也が遺体をていねいに扱ったという事実は、世間の欲求にそぐわない。なぜなら、〝パブリックエネミー〟はどこまでも卑劣でなければならないから。当然ながら、世間は報じられたことしか知り得ない。

そんな側面を見ると、つくづく情報も商品なのだと思う。実際の真也はもっと複雑で、いろいろな面を持つのに、報道はグロテスクで悪辣《あくらつ》な印象ばかりを広めた。

その一例は、今年の一月七日に開かれた第四回公判に、千野さんの母親が証人出廷し、涙ながらに娘への思いを語ったときの新聞記事だ。

母親が、「翔子は生きたいと思っていたはずです」と証言する中、真也は『脚を投げ出し、腕組みをして、落ち着きなく目線をさまよわせたり、首を振ったりしていた』と書かれた。たしかにそんな場面もあった。けれど、姿勢を正し、うつむいて、自責の念に駆られているように見えたときもあったのだ。それには触れず、ことさら真也を傲岸《ごうがん》な極悪人のように伝えた。それで報道の公正中立は保《たも》たれていると言えるのか。

いや、被害者の遺族が証言している間は、たとえ一瞬でも、腕組みなどしてはいけないのかもしれない。真摯な反省の気持ちがあれば、ずっと殊勝《しゅしょう》な態度を保つはずだ。そう言われれば返す言葉もない。しかし、それでも最愛の次兄が、負の偶像に祭り上げられることには、わたしは耐えられない。

週刊誌のひどさは、不公平どころか悪意さえ感じられた。真也を冷酷な処刑人に仕立て上げ、人間の心を持たないモンスターのイメージに合う事実や証言ばかりを書き連ねた。世間におもねった一方的な記事に、わたしたち身内がどれほど傷つき、つらい思いをしたことか。まだ判決も出ていないのに、被告の身内はそんな心ない仕打ちに耐えなければならないのか。

ジャーナリズムに対する疑問と批判は、わたし自身、その一端に連なる職場にいるから感じることかもしれない。

栄創堂書店は幸いなことに、雑誌を出していなかった。もし出していたら、犯人の妹が自社の社員であることほど濃厚な情報源はない。しかし、わたしがいくら真也を弁護するようなことを言っても、採り上げてはもらえないだろう。そうなれば、わたしはつらい思いをするばかりだ。

校閲部に移ったあとも、佐伯部長は折を見てわたしに声をかけてくれた。それとなく気遣ってくれ、裁判の傍聴や面会のために有休をもらうことにも便宜《べんぎ》を図ってくれた。新聞の報道があまりに偏《かたよ》っていることを訴えると、「マスコミは大衆迎合だからな」と、わたしに同情してくれた。

「つらいと思うが頑張れよ。お兄さんにも何か事情があったんだろう」

佐伯部長も、真也の行為が単なる殺人ではないと思ってくれているようだった。わたしを慰めるための方便だったのかもしれないが、嬉《うれ》しかった。

この手記は報道に対抗するための手段でもある。わたしは真也ほどではないが、子どものころから本が好きだったたし、文章を書くことにも抵抗はない。編集者としてはまだまだ未熟だが、真也の隠れた部分にも光を当てるため、家族のプライベートなことも包み隠さず書くつもりだ。

しかし、逆に言うと、この事件そのものが、わたしにとって真也の隠れた部分だったのかもしれない。ましてや、ふだんから穏《おだ》やかで、いつも静かに本を読んでいた真也が、三人もの人を殺め、その遺体を空井戸に放置するなんて。

二番目の犠牲者・豊川耕介《とよかわこうすけ》さんは三十四歳。調布《ちょうふ》市に住む高校の英語教師だった。妻の美知恵《みちえ》さんと二人暮らしで、気の毒なことに、脊髄小脳変性症《せきずいしょうのうへんせいしょう》という難病を患っていた。

この病気になると、徐々に身体の自由が奪われ、やがて寝たきりになって、生活全般に介護が必要になるらしい。今のところ治療法はなく、進行を止めることもできない。小脳の機能が侵《おか》されるため、思い通りに手足を動かせなくなり、歩行困難、言語障害のほか、身体の一部が捻《ね》じれて硬直してしまう「ジストニア」という症状が出たりするそうだ。

豊川さんは呂律《ろれつ》のまわりにくくなった口で、真也にこう訴えたという。

「私の病気は、治癒不能で、どんどん悪くなる。この病気でも、頑張って、生きている人はいます。でも、私は、いやだ。惨《みじ》めな身体に、なってまで、生きたくはない」

豊川さんが真也のもとに来たのは、自分で自殺しようとして、失敗するのを恐れたからららしい。手足の自由が利かなくなり、うまく首を吊れないとか、手首を切れないとか、中途半端《ちゅうとはんぱ》に生き残ったら、それこそ惨めだし、家族の監視も強まる。そうなれば、二度と自殺のチャンスはなくなる。だから真也に助けを求めた。

「でも、自殺したら奥さんが悲しむじゃないの」

拘置所の面会でわたしが言うと、真也は落ち着いた声でこう答えた。

「豊川さんは奥さんのことも十分に考えていたよ。たしかに彼女は悲しむだろう、でも、やがて時間が癒《い》やしてくれるとね。逆に自分が生きていたら、妻の負担は重くなる一方だし、口に出して言わなくても、苦しむのは明らかだ、妻はそれでもいいと言うかもしれないが、自分はいやだ、今なら彼女はまたやり直せる、別のだれかと幸せな人生を歩める、そのためには、早いほうがいい、それが妻に対する自分の愛情だ、妻にとって、いちばんいいのは、悲しみを忘れることだ、両親だって、家族の重荷になりたくないという理由で、自死を選んだ自分を、きっと責めないはずだ、病気に負けたとか、心が弱かったとは、ぜったいに言わないだろう、両親と自分の間には信頼関係があるからと、豊川さんは言ってた」

一般論と個別の認識とは別だ。豊川さんがそう言うのなら、その思いはだれにも否定できない。

それにしても、奥さんに対し、自分が死んだあとは悲しみを忘れて、別のだれかと幸せになってほしいなどと、どこを押したら言えるのだろう。自分のことをいつまでも忘れないでほしいと思うのが、人情ではないのか。

しかし、よく考えれば、それでは奥さんに悲しみを押しつけることになる。忘れないでほしいというのは自分の感情だ。ほんとうに奥さんの幸せを願うなら、悲しみを忘れて、明るく生きることを願うほうがまっとうではないか。

そう思えば、豊川さんが自分本位でなく、ほんとうに奥さんを愛していたのがわかる気がする。


しかし、裁判では、その豊川さんの思いはむしろ批判された。

まず検察官が冒頭陳述で、自殺を希望した豊川さんの決断は、早計だと断じた。

「いくら難病にかかっているとはいえ、未だ日常生活が可能な段階において、死ぬ以外にないと思い込むのは、あまりにも早まった考えと言わざるを得ません。これは一種の心理的な視野狭窄《きょうさく》であり、適切なアドバイスがあれば、いくらでも考え方を変えることはできたはずです。さまざまなサービスを利用すれば、介護の態勢を整えることもできます。脊髄小脳変性症にかぎらず、ALSをはじめとして、難病に罹患《りかん》しながら前向きに生きている人は多く存在するし、それを支える家族や医療者、ボランティア等も同様です。にも拘《かか》わらず、自ら死を選択するのは、遺される家族のことを考えても、到底、容認することはできません。また、その要求を鵜呑《うの》みにして、躊躇《ちゅうちょ》もなく被害者を殺害した被告の行為は、あまりにも単純、浅慮《せんりょ》と言わざるを得ません」

検察官の主張には説得力があった。わたしもそれは認める。難病で治癒の見込みがないから、死にたいと言う人を、はいそうですかと死なせてよいわけがない。今は介護保険も充実しているし、ボランティアの助けだってある。豊川さんの考えは、やはり一種の視野狭窄と言われても仕方がないのではないか。

今年の一月二十八日に開かれた第五回公判で、証人として出廷した豊川さんの妻・美知恵さんに対して、検察官は次のように質《ただ》した。

「ご主人の病状と治療について、あなたはどんな印象を持っていましたか」

「むずかしい病気だとは聞いていましたが、治療の余地はあると思っていました。ふらつきや、話が聞き取りにくいというような症状はありましたが、少し前まで教師の仕事も続けていましたし」

「ご主人は一昨年の三月いっぱいで学校を休職し、自宅療養を続けていました。その間に二度、ご主人は被告のアパートを訪ねています。前後に自殺を思わせるそぶりはなかったのですか」

「ありませんでした。ただ、これから症状が進むとたいへんなことになるとは言ってましたが――」

「たいへんなことというのは」

「寝たきりになって、二十四時間の介護が必要になるということです。わたしが、大丈夫、わかってると言ったら、夫はわかってないと怒って、介護の具体的なことを言い募《つの》りました。床ずれ予防のための体位変換とか、身体を拭《ふ》くとか、便の処理とか、リハビリやマッサージとかです。わたしも興奮して、全部やると言い返したら、夫はため息をついて、無理だと首を振りました。はじめはできても、二年、三年、五年と続くうちに疲れてくる、わたしも歳《とし》を取るし、経済的な負担も募る。時間も自由にならないし、先が見えないままそんな状態に耐えられるわけがないと、落ち込んでいました。それでもわたしは、意地でも最後まで自宅で世話をすると、夫に言いました」

「あなたがそうまで言ったのに、死を選んだご主人に対してどう思いますか」

「悲しいです。悔しいです、信じてもらえなかったことが――」

美知恵さんが言葉を詰まらせたので、検察官は思いやるように少し間を置いた。美知恵さんはハンカチで口元を押さえ、気丈に顔を上げた。

検察官が質問を再開した。

「被告の供述によれば、ご主人はあなたを愛し、思いやったがゆえに自死を選んだとのことですが、そのことはどう思いますか」

「愛してくれていたのなら、なんで生きようとしてくれなかったのか。死ぬことが思いやりだなんて、とても思えません」

「夫を死なせた被告については、どんなお気持ちですか」

「情け知らずだと思います。いくら自殺を考えていても、それを止めるのがまっとうな人間のすることじゃないですか。なぜ夫を説得してくれなかったのか。夫にはきっと生きたいという気持ちもあったはずです。それを思うと、被告に強い怒りを感じます。恨めしい気持ちでいっぱいになります」

傍聴席に、美知恵さんに対する同情の空気が色濃く流れた。中にはもらい泣きの声を洩《も》らす人もいた。

続いて、被告側の佐原弁護士が、美知恵さんに反対尋問をした。

「豊川氏はどんな夫でしたか」

「まじめで優しい人でした。学校では熱心な教師で、社会に役立つ人間を育てたいと言っていました」

「その豊川氏が、自分自身が社会の役に立つどころか、重荷になりかねないことについて、どう受け止めていたと思いますか」

「苦しかったと思います。耐えがたい苦しみだったでしょう」

「だから、自殺しても仕方がないとは言えませんが、将来の介護負担を考え、豊川氏が徐々に追い詰められたそぶりはありませんでしたか」

「悩んでいたのはわかっていました。でも、自殺まで考えているとは」

「同じような難病で、苦しみながらも前向きに生きている人がいるのは事実です。しかし、だからと言って、豊川氏にも同じように生きろと言えるのでしょうか」

「わかりません。でも、わたしは生きてほしかった」

ふたたび美知恵さんは声を詰まらせた。佐原弁護士も少し間を置き、美知恵さんが落ち着くのを待ってから同情を込めて訊ねた。

「あなたのお気持ちはよくわかります。今はまだ、ご主人を失った深い悲しみのただ中にいらっしゃるのでしょうから。しかし、その気持ちが何年たっても変わらないと言い切れるでしょうか」

「異議」

二人いるうちの年配の検察官（分厚い老眼鏡をかけた半白髪の男性）が右手を挙げ、「仮定の質問、かつ誘導の恐れあり」と訴えた。

「弁護人は質問を変えてください」

裁判長の指示にうなずき、佐原弁護士は改めて訊ねた。

「豊川氏は先のことを考えて、あなたが一日も早く悲しみから立ち直り、幸せな人生を歩んでほしいと思ったからこそ、自死を選んだのではないでしょうか。あなたの人生を介護だけで終わらせたくなかった。その気持ちを汲んであげることはできませんか」

「わたしは自分で夫の介護をしたかったんです。精いっぱい介護して、できるだけ長く夫との時間をすごしたかった。そうすれば、いつか夫が亡くなる日が来ても、受け入れられたと思います。夫はその機会を永久に奪ってしまったのです。なぜ、わたしの気持ちを理解してくれなかったのか。早くに死んでいいことなど、あるはずないじゃないですか」

そこで美知恵さんは泣き崩れ、それ以上の質問は不可能のように思われた。

佐原弁護士は致し方ないというようすで、反対尋問を終えた。

美知恵さんの証言を聞いて、わたしは返す言葉がなかった。死んでいいことなどあるはずがない。まさにその通りだ。真也はなぜそう考えなかったのか。死にたがっているからそのまま死なせるなんて、人としてまちがっている。なぜ、そのことに気づかなかったのか。自分の一生さえ棒に振りかねないというのに。


この日、美知恵さんのあとに、真也が被告人質問を受けた。

いつもの若いほうの検察官が、豊川さんの殺害について真也に確認した。

「あなたは豊川氏の自殺の決断が、早すぎるとは思いませんでしたか」

「思いませんでした」

「なぜです。豊川氏は未だ日常生活が可能で、治療の余地もあったのに」

「豊川さんは奥さんのことを考えて、再出発には少しでも早いほうがよいと言っていたからです」

「それをそのまま、真に受けたのですか」

「真に受けるって、本人がそう言っているのに、それ以外、どう受け止めればいいんですか」

「いろいろあるでしょう。もう少し自分の命を大切にしたほうがいいとか、奥さんはそんなことは望んでいないはずだとか」

「奥さんが何を望んでいるか、僕にはわからないのにそんなことは言えません。それに豊川さんは自分の命を十分大切にしていました」

「自ら命を絶とうとしていたのに?」

「そうです」

検察官は意味がわからないというように首を振ったが、質問を続けた。

「奥さんの気持ちを聞こうとはしなかったのですか」

「しません」

「なぜです」

「なぜって、必要ないからです」

検察官はふたたび首を振り、ごく初歩的なことを説明するように言った。

「夫が妻のために自殺しようとしているのなら、当然、妻の気持ちも確かめるべきでしょう。人は自分ひとりで生きているのではないのだから」

真也は訝《いぶか》しそうに眉をひそめ、それまでより強い口調で答えた。

「じゃあ、奥さんが反対したら、豊川さんは自殺を思いとどまるべきなのですか。それは豊川さんよりも、奥さんの気持ちを優先することになりますよね。自殺は本人の問題なのに、豊川さんにつらい状況を我慢させて、奥さんの思う通りに生きろと言うのは、おかしいんじゃないですか」

傍聴席には左の三分の一ほどにパーティションが立てられ、遺族から真也の姿が見えないようになっている。そのためこちらからも美知恵さんの表情は見えない。しかし、真也の供述はきっと美知恵さんを苦しめたにちがいない。どうしてその悲しみに共感してあげられないのか。

傍聴人の多くが、真也に対して怒りと憎しみを抱いているようだった。法壇に座った六人の裁判員たちも同じだ。それが判決に悪い影響を与えることを、真也は計算に入れないのか。

検察官はそんな雰囲気を味方につけ、自分の席から前に出てきて、威圧するように真也の横に立った。

「あなたはどうも自殺について、特異な考えを持っているようだ。世間一般では当然のことですが、自殺の肯定はあり得ない。にも拘わらず、あなたは肯定する。それはもしかして、あなたの母親が自殺したことと関係がありますか」

突然、母のことを持ち出され、わたしは全身が強張《こわば》るのを感じた。母の死が事件にどう関係するというのか。検察官は母の自殺を引き合いに出すことで、真也を動揺させようとしているのではないか。それなら卑劣なやり方だ。

真也も同じ思いだっただろう。一瞬、救いを求めるように弁護人席に目をやったが、佐原弁護士は異議を申し立てなかった。

しばらく考えてから、真也は「わかりません」と答えた。

検察官が畳みかける。

「あなたの母親・聡子さんは、うつ病を発症し、日常生活にも支障を来すようになっていた。そして自ら精神科のクリニックを受診し、抗うつ剤を処方され、カウンセリングも受けた。そのころ、あなたは高校を中退して、自室に引きこもっていたのですね」

「そうです」

「聡子さんはあなたに何か症状を訴えましたか」

「身体がだるいとか、つらいとか」

「聡子さんの診察に付き添ったことはありますか」

「ありますか」

「しかし、聡子さんは治療の途中でクリニックに行くのをやめてしまいました。理由はわかりますか」

「母はカウンセリングを受けるのがつらかったんです。カウンセラーは母の気持ちをぜんぜん理解せず、無理やり前向きな考えを押しつけるようなことばかり言っていましたから。それに薬も効かず、のむと変な考えが浮かんで、むしろ気分が悪くなると母は言っていました」

あのころ、わたしは受験前で高校の勉強と予備校通いに忙しく、一也は自分の就活にかかりきりで、家に引きこもっていた真也だけが母の話し相手になっていた。

「それであなたは何と言いましたか」

「クリニックに行くのはやめようと。薬ものまなくていいと」

あとで佐原弁護士に聞いたところでは、検察官は前もって母がかかっていたクリニックに事情を聞きに行き、真也が母に治療の中止を勧めていたことを、あらかじめつかんでいたとのことだった。

「クリニックに行くのをやめて、薬ものまなければ、うつ病は治らないどころか、さらに悪化するとは思わなかったのですか」

「母はクリニックに行くのをいやがっていたんです。行くほうが病気が悪くなりそうだったので、行かなくてもいいと言ったんです」

「でもそれは、そのクリニックが合わなかっただけじゃないんですか。ほかのクリニックに行くことは考えなかったのですか」

「医者を替えることは考えました。でも、母は医者に診てもらうこと自体がいやだと言ったので」

「放置すれば病状が悪化することを考えれば、治療を勧めるのが、息子としては当然ではありませんか」

「母がいやがっていましたから」

「それでも治療を受けさせるのが親孝行ではないですか」

しつこい検察官に、真也は苛立《いらだ》ったように声を強めた。

「僕は親孝行は、親が望む通りにすることだと思っています。世間一般でよいとされることでも、母がいやがることはしたくなかったのです」

「しかし、実際、聡子さんは自ら命を絶った。治療を続けていれば、そんなことにはならなかったと思いませんか」

「わかりません――。うつ病がよくなって、もとの母のようになったかもしれないし、苦しい気持ちのまま生き続けることになったかもしれません。そうなったら、母がかわいそうです」

「あなたはなぜ、悲観的な可能性にばかりこだわるのか。五分五分なら、ふつうは治療すれば病気がよくなると考えるのではありませんか」

真也は答えない。焦れったい思いで真也を見ていると、検察官がふいに驚くべきことを訊ねた。

「あなたは聡子さんが自殺することを、予見できたのではありませんか」

何をバカげたことを聞くのか。母の死はわたしたち家族にとってまさに青天《せいてん》の霹靂《へきれき》だったはずだ。だって、あの夜、母はいつも通り夕食の用意をし、わたしと真也の三人で食べ（父と一也は帰宅していなかった）、風呂《ふろ》に入って、各自が自分の部屋に入ったあと、ガレージの梁《はり》に真新しいロープを掛けて首を吊ったのだ。

深夜にタクシーで帰宅した父が、母の姿が見当たらないのでさがし、灯《あか》りの消えたガレージですでに事切れている母を見つけた。すぐに救急車を呼んだが無駄だった。

最後の夕食のとき、うつ病で表情の暗かった母が、心なしか落ち着いているように見えた。わたしは病状が回復しかけているのかなと喜んだ。その落ち着きが、死の決意によるものだったとは思いもしなかった。真也だって同じだろう。精神科医でもないのに、母の心理がわかるはずもない。

検察官の質問は、当然、真也が否定すると思った。しかし、彼の答えは意外なものだった。

「予見は、できました」

検察官は期待通りというように、口元に笑みを浮かべた。続けざまに質問を繰り出したが、二人のやり取りはわたしにはまったく理解できなかった。

「予見できたのなら、なぜ止めなかったのですか」

「母のことを大切に思っていたからです」

「大切に思っていたのなら、なおさら自殺を止めるのがふつうでしょう。あなたは母親に生きていてほしいと思わなかったのですか」

「もちろん生きてほしいと思いました。でも、母はほんとうに苦しんでいたんです。それを我慢して、僕ら子どものために生きてくれとは言えませんでした。僕はほんとうに母のことを思ったから、苦しみから解放されることを願ったんです」

「だったら、よけいに病院へ行くべきでしょう」

「母は病院へ行くのが苦しいと言ってたんです」

「それでも無理にでも連れて行けば、治療でよくなったかもしれないじゃないですか」

「その保証はないし、治療でもっと悪くなることだってあるし、とにかく母は病院へ行きたくなかったんです」

「しかし、ほかに苦しみから逃れる方法はないのなら、病院に頼る以外にないではありませんか」

「だから、母は唯一の方法を選んだんです」

「それが自殺だと言うのですか。あなたは母親が自殺することを予見しながら、それを黙って見すごしたのですね」

「ちがいます。僕もつらかったけれど我慢したんです。母の意思を尊重すべきだと思ったんです、たとえそれが自殺であっても」

真也は懸命に抗弁した。しかし、検察官は理解を示さず、前に座った裁判員たちを意識するように強い口調で言い放った。

「理由はどうあれ、自殺を容認したということですね。それは当然、まっとうな人間の考えることではない。あなたはいつからそんな考えを持つようになったのです」

「いつからということはありません。それに、僕はすべての自殺を容認しているわけではない。致し方ない場合にだけ、認めざるを得ないと思うだけです」

「聡子さんのケースが致し方なかったと、どうして言い切れるのです」

「それは言い切れます。僕はずっと母のそばにいて、苦しみようを見ていたのです。あなたこそ何も知らないくせに、どうして母の自殺を否定するようなことを言うんです。母がどれだけ苦しんで、どれだけ立ち直ろうと努力し、どれだけそのつらさに耐えていたか、わかっているのですか」

真也の激した声は、検察官にではなく、わたしに向けられているようだった。息苦しかった。考えたくない、目を背けたい。無意識にそう思っていたことに、無理やり直面させられる気がした。

たしかに、当時、母のいちばん身近にいたのは真也だ。父も一也もわたしも、それぞれ目の前のことに忙しく、十分、母の気持ちに寄り添っていなかった。三人とも母を大事に思っていたのは事実だが、そう言いながら、自分のことにかまけていた。そのため、わたしたちの知らないところで、母の気持ちは死に引き寄せられていったのだ。母にしかわからない苦しみに耐えかねて。

それでもなお、わたしは当然、母の自殺を肯定することはできない。いくら苦しくても、死ぬことでそれを免れるのがよいなどとは到底、思えない。

「あなたは聡子さんの意思を尊重して、自殺を容認したと言うのですね。しかし、それがほんとうに相手の気持ちを尊重したことになるのでしょうか」

検察官は質問とも慨嘆ともつかない言葉をつぶやき、「以上です」と、自席にもどった。

真也が母の自殺を予見していたというのは、わたしには大きなショックだった。

週刊誌はさっそく毒々しい見出しでそれを報じた。内容は例によって真也を激しく非難し、異常性を強調するものばかりで、真也の言い分に触れたものはなかった。

翌日、わたしは半日有休を取って拘置所に面会に行き、真也に問い質した。お母さんの自殺を予見できたというのはほんとうなのかと。真也は「ほんとうだよ」と答えた。

「お母さんは、自殺を仄めかすようなことを言っていたの？」

「言わなくてもわかる。ずっとそばで見ていたから」

「そんな大事なことを、どうしてお父さんやわたしたちに言わなかったの」

「言ったらどうなってた。大騒ぎして、死ぬことなんか考えるなとか、病院でしっかり治療を受けろとかいうことになっただろ。母さんはそれがいやだから、何も言わなかったんだ」

真也はわたしたちではなく、母の側に立って自殺を容認したのだ。

わたしは、真也が母に治療の中止を勧めたことも知らなかった。迂闊《うかつ》と言えば迂闊だが、そもそも母のうつ病はまだ初期の段階で、家事もこなしていたし、表情は暗かったけれど、寝込んだりしているわけでもなかった。それで母がクリニックに行くのをやめたことも、さほど深刻に受け止めていなかったのだ。

あとで知ったことだが、うつ病患者の自殺は、症状が最悪のときにはむしろ少なく（自殺する気力も湧《わ》かないらしい）、初期と治りかけのときに多いとのことだった。であれば、初期だった母は、自殺の危険もあった代わりに、治療でそれを止める手立てもあったはずだ。真也さえしっかりと母を引き留めてくれたら、みすみす命を絶つこともなかったのに。そう思うと、口惜《くや》しい気持ちが胸に込み上げた。

なぜ、母に治療の中止を勧めたのかと聞くと、真也はこう答えた。

「母さんもはじめは医者に行けばよくなると思っていたみたいだ。だけど、ぜんぜんダメで、それでも診察のたびに次の予約を入れられるから、仕方なしに行っていた。付き添いを頼まれていっしょに行くと、母さんは医者の前では症状がよくなっているふりをするんだ。そんなことをする必要はないのに。クリニックから帰ると、明らかに調子が悪くなってる。それでも予約があるからと、次も行こうとするから、僕が断りの電話を入れたんだ。そしたら、母さんはほっとしたように、ありがとうと言ってた」

「病院に行くのをいやがったから、やめさせたなんて、まるで子どもじゃない。治療を続けていたら、死にたい気持ちも消えたかもしれないのに」

「それはないよ」

真也が断定的に言うので、わたしは頭に血が上り、「なんでそう言い切れるの」と金切《かなき》り声をあげた。真也は静かに答えた。

「僕は母さんのつらさを何度も聞いたんだよ。気分がものすごく悪くなって、どんよりと冷えきった空気に包まれているようで、じっとしていられないと言っていた。理由のわからないいやーな感じが湧き上がってきて、居たたまれないほどつらくて、自分がどうにかなりそうに感じるとも言ってた。逃げ場がなくて、もう消えてなくなる以外、救いがないと言うんだ。その感じは薬でも消えず、夜も眠れなくて、心を休めることができない。こうやって話している間にも、苦しみが込み上げてきて、身体がばらばらになりそうと洩らしてた。なんで僕にそんなことを打ち明けてくれたと思う。僕が母さんの気持ちを否定しなかったからだよ。治療を続けろとか、死ぬなとか言ってたら、母さんは黙って死んだにちがいない。もし、生きるチャンスがあるとしたら、気持ちを否定せずにそのまま聞くしかないと思ったんだよ」

「じゃあ、真兄もお母さんに生きてほしいと思ってたの」

「当たり前だろ。だけど、母さんは生きていること自体が苦しくて、どうにもならなかったんだ。息をするのだけでもつらいと言ってた。そんなふうに言われて、僕たちのために生きてほしいと頼めるか。僕らはその苦しみをどうにもできないのに、死なないでなんて言えるか」

真也はわたしに突きつけるように声を強めた。答えられない。しかし、母はほんとうにそこまで追い詰められていたのだろうか。わたしにはそうは思えなかった。

「お母さんがそんなふうだったなんて、知らなかった」

疑いの気持ちを込めて言うと、真也はそれを否定せず、皮肉っぽく笑った。

「そうだろうな。母さんは頑張って隠していたから。それに、薫子たちもできれば見たくなかったんじゃないか。よくなってほしいと思うばっかりで、いやな話は聞きたくなかった。ちがうか。だから母さんは最後に自分で命を絶ったんだ。我慢に我慢を重ねて、僕たちのことも考えて、なんとか耐えようとしたけれどダメだった。そう思えば、母さんの苦しみの深さはわかるだろう」

できれば見たくなかった――。たしかにそうだ。わたしは痛いところを衝《つ》かれ、声を出さずにうめいた。だが、このまま真也の言い分を認めるわけにはいかない。

「それでも、お母さんが死んでいいはずがない。どんな状況でも、死んでよかったなんていうことはあり得ないわよ」

真也は動じず静かに応《こた》えた。

「それは薫子の感情だろ」

「そうよ。わたしの感情よ。そうとしか思えない。真兄には感情はないの」

「あるよ。僕は母さんの気持ちを大事にしたいと思ったんだ。母さんの苦しみが少なくなることだけを考えてた」

「そんなのおかしい。それは感情じゃない。ただの理屈よ。真兄はどうしてそんなふうに言えるの。まるでお母さんが死んでも悲しんでいないみたいじゃない」

言ってしまってから、はっとした。言ってはいけないことを口にしたのか。真也の表情が強張った。アクリル板越しに、黒目の濃い瞳に深い悲哀の色が光った。

五秒ほどわたしの顔を見つめたあと、真也は低くつぶやいた。

「母さんが死んだとき、みんながどんなだったか思い出してみろよ」

そこで面会は終了した。


縊死した母を見つけた父は、たぶんわたしたちにその姿を見せまいとしたのだろう、ひとりで母を梁から下ろし、おぶって室内にもどり、居間のソファに横たえてから真也とわたしを呼んだ。

父のただならぬ声から、何かひどいことが起こったことを予感したが、まさか母が自殺しているとは思わなかった。ソファに横になっている母を見たときも、病気で倒れたのだと思った。しかし、母は顔の向きが変で、首も不自然に伸びていた。思わずすがりつくと、頭が仰向けにひっくり返り、顎《あご》の下に赤黒い紐状のくびれが見えた。それで母が首を吊ったのだとわかった。

真也はわたしのあとで居間に入ってきて、黙って母を見ていたと思う。わたしは自分が取り乱していて、真也がどう振る舞ったかよく覚えていない。

父が電話で救急車を呼び、苛立った声を出した。「妻が首を吊ったんです」と言ったのに対し、呼吸や死後硬直の有無を聞かれたようで、「わかりません。とにかく早く来てください」と怒鳴った。父は汗びっしょりで、髪も顔にかかって乱れていた。

わたしは何度も母に呼びかけたが、すでに絶望的なことは明らかで、そう気づいたとたん、身体の底から噴《ふ》き出すように涙があふれた。胸の奥から突き上げるような泣き声も、自分では止められなかった。号泣ってほんとうにあるんだと、頭のどこかでチラと思ったのを覚えている。

救急車は思いのほか早く到着し、救急隊員が駆け込んできたが、母を診て、「お気の毒ですが」と、首を振った。

それから、わたしの記憶は途切れ途切れになる。覚えているのは、翌日だったか、父がカレンダーで仏滅や友引の日を調べて、日の巡り合わせの悪さに不機嫌になっていたことや、葬祭店の人が来て、母の首をもと通りにして納棺してくれたこと、死因が死因なので、葬儀はできるだけ公表したくないと、父が葬祭店の人に相談していたことなどだ。警察の関係者が来たのかどうかはわからない。

一也はその日、友人とオール（徹夜）だったらしく、救急隊員が帰ったあと、父がスマートフォンに連絡して呼びもどした。母がたいへんなことになったとは伝えたが、亡くなったとは言っていなかったようだ。

タクシーで帰ってきた一也を、父が玄関で迎えた。そこで事実を聞いたらしい一也が大きな声を出し、居間に駆け込んできた。ソファに寝かされた母を見て、「なんでこんなことに」と叫んだ。父に向き直り、「父さんは気づかなかったのか。どこを見てたんだ」みたいなことを、つかみかからんばかりに怒鳴った。さらに真也とわたしにも食ってかかった。まるで自分以外の家族にすべての責任があるかのように――。そのあとで床にへたり込み、顔を覆《おお》って嗚《お》咽《えつ》を洩らした。

真也がどう振る舞ったのかは、わたしの記憶から抜け落ちている。ただひとつ覚えているのは、翌日、母の棺《ひつぎ》を前にして真也がタバコを吸おうとしたことだ。部屋に引きこもってから、真也はタバコを吸うようになっていた。本数は多くないようだが、わたしたち家族はだれも吸わないので、真也の部屋から洩れてくるにおいはすぐにわかった。

タバコをくわえて、百円ライターで火をつけようとしたのを見て、一也がものすごい勢いで歩み寄り、いきなり平手打ちのようにして払った。真也は顔色を変えたが、一也がそれ以上に激しく怒鳴った。

「おまえ、何を考えてるんだ。母さんの前だぞ」

「――ごめん」

真也は素直に謝った。落ちたタバコとライターを拾い、「外でならいいかな」とつぶやいた。その一言にまた一也が激高した。

「こんなときにタバコが吸いたくなるのか。おまえは母さんが亡くなったことを、どう考えてるんだ」

「どうって、母さんはつらかっただろうなって」

「つらかった？　それだけか。おまえには母さんが亡くなったことに対して、厳粛な気持ちはないのか。もっと母さんに生きてほしかったとか、こんなことならもっと早く引きこもりをやめて、母さんを喜ばせたかったとか思わないのか。少しでも反省する気持ちがあったら、タバコなんか吸いたいとは思わないだろう」

「タバコと母さんの自殺は関係ないよ」

不貞腐《ふてくさ》れたように答えた真也に、一也はもどかしげに言い募った。

「気持ちのことを言ってるんだ。俺は仕事で頑張って、偉くなって、母さんに楽をさせたかった。いい家庭を作って、孫の顔も見せたかった。俺が父さんと同じ大学に入れたのも、母さんが一生懸命、俺を支えてくれたおかげだし、社会に出ても通用する立派な人間になれたのも、小さいときから心を込めて育ててくれたおかげだ。だから感謝してるよと言って、母さんを喜ばせたかった。なのにおまえはどうだ。高校を中退して、部屋に引きこもって、将来の展望もなしに、毎日無駄メシを食ってるダメ人間じゃないか。社会不適応、人生の落伍者《らくごしゃ》、怠《なま》け者。おまえはどれだけ母さんを悲しませていたか、わかっているのか」

「母さんが僕のことで悲しんでいるところは、見たことがないよ。それに僕に作ってくれるご飯も無駄メシだとは言ってなかった」

二人の会話はまるでかみ合っていなかった。

一也には親孝行なところがあり、母を一生懸命喜ばせようとしていた。模試《もし》でいい成績を取ったり、中学校でサッカー部のキャプテンに選ばれたり、高校の英語弁論大会で優勝したりしたときは、いちばんに母に報告していた。母も、「一也は何でもできるね」と感心し、「わたしも鼻が高いわ」とほめていた。しかし、だからと言って、真也のことを嘆《なげ》いたりはしていなかった。

真也たちが中学一年で、一也がクラス委員に選ばれて鼻高々だったとき、母は一也がいなくなってから、しょんぼりしている真也に言った。

——真也には真也のいいところがあるんだから、それを大事にしていけばいいのよ。

彼はそれでずいぶん慰められたようだった。


拘置所での面会の別れ際、真也が母の亡くなったときのことを思い出せと言った真意は何だったのか。

真也の心は不可解だ。ふと、白島司先生のことが頭に浮かんだ。心療内科が専門の先生なら、真也の心を解明してくれるかもしれない。真也の逮捕以後、ずっと続いているわたしの不眠の悩みも頭をよぎる。しかし、今の状況では、先生に相談しても簡単には答えは得られないだろう。

仮通夜、通夜、告別式、初七日と進む中で、母の死は動かしがたい現実になり、家族の心情も徐々に変化した。

一也は通夜の席で母を責めるようなことを言った。なぜ俺たちを置いて死ぬことができたのか、俺たちがどれほど悲しむか、考えてくれなかったのか、少しでも俺たちのことを思う気持ちがあれば、自殺なんかできなかったはずだ、と。

——よりによって、なんでこんなときに死ぬんだよ。

そう言って、居間の壁を殴りつけたのもこのときだ。

同じ気持ちはわたしにもあった。高校三年生の大事なときで、受験勉強に集中しなければならないのに、あまりにも衝撃が大きかった。母の気持ちを想像する余裕など、十八歳のわたしにあるはずもなかった。

一也は就職が決まらず、秋の二次募集に向けてそうとう追い込まれていた。ただでさえ狭き門なのに、こんな不利な条件を負わされたらたまらない。もう就職浪人しかない、ロクな会社に入れないと、父に苛立ちをぶつけた。

父は父で、銀行に母の自殺が知られると、出世コースから追い落とされ、これまでの苦労が水の泡《あわ》になると恐れていたようだ。

父と一也は母が亡くなった翌日、二人で相談して、母の死因はくも膜下出血の発作にすると言った。ネットで急死する病気をいろいろ調べたらしい。

「心臓発作も考えたんだが、ちょっとわざとらしいから、くも膜下出血にした。大きな発作だと、即死の場合もあるそうだから」

リアリティを考慮したというわけだ。わたしは母の死を嘘でごまかすことに、抵抗があったが、一方で自殺を公表すれば、あれこれ詮索《せんさく》されたり、家族に批判の目を向けられたりしかねない。その煩《わずら》わしさを避けたいという気持ちもあった。

「通夜にも告別式にも銀行の関係者が大勢来るだろうから、くれぐれも迂闊なことは言わないようにな。一也の就活にも影響があるかもしれないんだから」

父の言い分を、わたしは大人の事情という言葉で受け入れた。しかし、真也はどうだったのか。嘘が嫌いな真也は、反対するのじゃないか。そう思ったが、特に異を唱えなかった。

「あれでよかったの」

あとで聞くと、真也は「別にかまわない」と言った。何かを気にするというより、どうでもいいという感じだった。


現在、証券マンとして活躍している一也は、会社の近くにマンションを購入し、独《ひと》り暮《ぐ》らしをしている。賃貸にしなかったのは、家賃を払うより、ローンを払っていずれ転売するほうが有利だと判断したからのようだ。

ときどき荷物を取りに実家にもどってくる。帰ってきたら、必ず母の仏壇に手を合わせて、線香を灯《とも》す。第五回公判のあとの土曜日もそうだった。

わたしは一也に、真也が裁判で母の自殺を予見していたことを告げた。

「それなのに、あいつは何もしなかったのか。なんてヤツだ」

裁判でのやり取りを話すと、一也は忘れていた怒りをよみがえらせるように、真也を罵倒《ばとう》した。

「あいつはやっぱり最低限のモラルにも欠ける欠陥人間だ。母さんが死にたいと思ったから死なせたなんて、まるで冷血動物じゃないか。自殺で苦しみから解放されたから、母さんは死んでよかったなんて思ってるとしたら、異常としか思えない。おまけに三人も関係のない人を殺して、あんなヤツは早く死刑になればいいんだ」

そこまで言わなくてもと思ったが、一也は真也の裁判をことさら無視していたので、わたしが証言を告げたことで、よけいに腹が立ったのだろう。

一也が裁判を無視していたのには、仕事上の理由もあった。『希死天使事件』の村瀬真也の名前は、世間に知れ渡っていたので、関係先で名刺を出したとき、一字ちがいの村瀬一也の名前は、事件との関わりを推察されることも少なくなかったのだ。「もしかして」と言われたとき、裁判の経過を知らなければ、知らないですませられる。

もちろん、裁判以外のことも話題にされた。

あるとき、別の部の部長が一也のいる課に来て、「君も大変だねぇ」と言いながら、軽い調子で真也のことを聞いたらしい。一也は答えるべきかどうか迷ったそうだが、とっさに頭に血が上り、「そのことは話したくありません」と大声で突っぱねた。相手は有力な部長だったので、しまったと思ったが手遅れだった。ところが、詫《わ》びようとした矢先、意外にも部長のほうが、「失礼なことを聞いて申し訳なかった」と頭を下げた。それ以後、一也は強気に対応することの効用を会得《えとく》したと、わたしに言った。

「相手が客でも上司でも、遠慮することはない。こちらが毅然《きぜん》としていれば、自然と向こうが遠慮する。及び腰だと逆につけ込まれてしまうんだ」

「でも、鈍感な客もいるでしょう」

「そんなときは強引に話を変えればいい。事件なんかのことより、優良株の話をしましょうよと誘導するんだ」

皮肉なもので、不思議にこのころ、一也の読みは的中することが多かったらしく、証券マンとして順調に成績を伸ばしていた。真也の事件でいろいろ不利な面もあっただろうが、一也は一也で必死にそれに負けまいと頑張っていたのだろう。

わたしは裁判でのほかの証言も、一也に伝えた。母に治療の中止を勧めたのも真也だったことを話すと、一也は怒りで唇の端《はし》をけいれんさせながら言い捨てた。

「それなら、真也が母さんを自殺に追いやったも同然じゃないか」

さらに一也は真也を悪し様《あざま》に言った。

「もともとあいつは、母さんのことなんか真剣に考えてなかったんだ。薄情《はくじょう》なヤツだよ。母さんが亡くなったあとだって、一度だって仏壇の前に座ったことがあるか」

たしかに、真也は仏壇に参るということをしなかった。どうしてなのか、一度、訊ねたことがある。

「意味がないからだよ」と、真也は答えた。そのあとで、「でも、薫子や父さんが参ってほしいというのなら参るよ」とも言った。

「そんなのおかしいでしょう。お母さんのために参るのでしょう」

「だって、母さんはもういないじゃないか」

何をとぼけたことを言うのかと、わたしはため息が出た。それでわざと当てこするように言った。

「一兄《かずにい》はしょっちゅう参っているのに」

すると真也は苦笑いでこう返した。

「一也は、自分に手を合わせてるだけだよ」


些細《ささい》なことだけれど、真也と母のエピソードで思い出すことがある。

真也が中学三年生で、野球部の最後の試合で先発メンバーに選ばれたときのことだ。

一也はサッカー部で二年生のときからレギュラーだったが、野球部に入った真也は三年生になっても補欠のままだった。それが秋の引退試合で、顧問が配慮してくれたのか、はじめて先発出場を言い渡された。喜んだ真也は学校から帰ってくるなり母に報告して、試合を観に来てほしいと頼んだ。母も嬉しそうに行くと答えた。

ところが、試合当日、母は体調を崩して三十八度五分の熱を出した。わたしは母の発熱が心配で、観戦はやめてほしいと思った。しかし、真也が楽しみにしていることも知っていたので、複雑な気持ちだった。

真也はしばらく迷っていたが、体温計の数字を見て、「今日は来なくていい。家で寝ていて」と母に言った。

「大丈夫よ。せっかくおまえが試合に出るんだから」

母が無理に笑って見せると、真也はうつむいて首を振った。

「熱があるのに観に来たら、気になって試合に集中できない」

そう言って、母に観戦をあきらめさせた。本心では観に来てほしかったにちがいない。

わたしは真也を偉いなと思った。と言うのは、一也は自分がはじめてキャプテンとしてサッカーの試合に出るとき、母は体調が悪かったのに、無理やりせがんで観戦に来させたからだ。帰ってきたあとも、自分のゴールシーンばかりを語って、母を気遣うそぶりはゼロだった。

母は食が細く、しょっちゅう体調を崩していた。しかし、一也もわたしも慣れっこになって、母が寝込んでも遊びに出かけた。そんなとき真也は必ず家にいた。何をするわけでもないが、母のそばにいたようだ。「真也は優しいから」と、何かの折に母が口にしていたのを覚えている。

一也は真也が死刑になればいいと言ったが、もちろんわたしはそんなことは望まない。できれば社会に復帰してもらいたいと思っている。三人もの人間を殺めた真也に、社会復帰を望むなんて許されないことだろうか。

しかし、真也がやったのは、単純な殺人ではない。自殺志願者の目的を達成するための殺害、すなわち承諾殺人のはずだ。それなら死刑はあり得ず、法定刑は六ヵ月以上七年以下の懲役または禁錮《きんこ》。併合罪が適用されても、最高で十年半だ。現在二十九歳の真也なら、最高刑でも償いを終えるのは三十代の終わりで、まだまだ十分人生をやり直せる。

殺人を犯したヤクザが懲役刑を終え、世間の無理解に抗しながら、まっとうな社会人として生きようとする映画を、何年か前に観た。その努力は美談として描かれていた。主人公を支援する医者が、「人生をやり直すのに、遅すぎるということはない」と励ましていた。真也にもそのチャンスが与えられないものか。

佐原弁護士も、真也の行為は承諾殺人だと主張していた。しかし、検察官は死刑を求刑するつもりのようだった。三人の被害者は、いずれも殺害を依頼したり、承諾してはいなかったというのだ。

根拠は真也自身の供述だった。事前の取り調べで、真也は三人から直接、殺害の依頼や承諾の言葉は聞いていないと証言していた。

メディアでも報じられた通り、最初の被害者・千野翔子さんは、ＳＮＳの真也とのやり取りで、『苦しくない方法なら何でもいいです』とか、『眠っている間にお願いします』と、明らかに殺害の承諾を意味するメッセージを送っていた。しかも、それまでに手首を切る自殺未遂も行っている。自室には母親宛てに、『さがさないでください』と走り書きをしたメモも残されていた。

その一方で、千野さんは病院の同僚に、「職場を変わって、一からやり直そうかな」と話したり、マンションの家賃を三ヵ月分、先払いしていたりした。母親は証人出廷したとき、それらの事実をもとに千野さんは生きようとしていたと、涙ながらに訴えた。検察官も同様に、千野さんが死を承諾していたとは到底、考えられないと主張した。新聞の報道も同様だ。千野さんの生きる方向に向いた情報ばかりが報じられ、自殺の理由や意思についてはまったく触れられなかった。

しかし、ほんとうのところはどうなのか。

母親は千野さんの恋愛の経過を詳しく聞いていなかったようだし、自殺未遂のことも知らなかった。母親の思いはもちろんわかるが、その訴えは、わたしにはいささか感傷的すぎるように思えた。都合の悪いことを無視して、ことさら翔子さんの生きる意思ばかりを強調しているように聞こえたのだ。真也が母親の陳述を聞いていたとき、新聞で報じられた『首を振ったり』したのは、まさにこのときだ。真也には、千野さんが心から死を望んでいたことに、確信があったのだろう。

しかし、検察官の「千野さんから殺害を直接、依頼されたのですか」という質問に対しては、真也は「いいえ」と答えた。

「依頼も承諾もなかったのですね」

「はっきりした言葉としてはありません」

これに対し、佐原弁護士は、「直接頼まれなくても、SNSのやり取りからは自殺への手助けを求めていたのは明らかだし、自殺を手伝うと明言しているあなたのアパートに、自ら訪ねてきた段階で、暗黙の了解があったのは明らかでしょう」と、真也に承諾があったことを認めさせようとした。しかし、真也は「本人から頼まれたわけではありません。僕が千野さんの思いを汲み取ったというのが、ほんとうのところじゃないでしょうか」と、わざわざ検察側の主張に沿うような答えをした。

真也はなぜ、自分に不利になるような供述を繰り返したのか。まるで、自ら死刑判決を望んでいるかのように。


このやり取りのあと、精神科医が証人として出廷し、自殺願望を抱く人の心理状態について説明した。

「自殺の具体的な方法や時期について、被害者が被告と相談していたからといって、必ずしも死を決意していたとは言えず、殺害の依頼、または承諾があったと判定することはできません。その一方で、職場を変えるとか、家賃を前払いしたからといって、死を断念していたとも言い切れないでしょう」

佐原弁護士の主張も母親の主張も、ともに否定した形だ。

そのあとで、検察官が真也に奇妙な質問をした。

「千野さんを殺害したあと、あなたはどう感じましたか」

真也は質問に潜《ひそ》む意味を深く考えることなく、素直に答えた。

「はじめての経験だったので、少し動揺しました。首が絞まる苦しみで、意識がもどると困ると思っていたので、うまく眠ったまま死なせてあげられて、よかったと思いました」

「よかったというのは、気分がよかったという意味ですか」

「いいえ。うまくいってよかったということです」

「殺害するときに、あなたは苦痛を感じましたか」

「いいえ」

「殺害のとき、特別に緊張することはありませんでしたか」

「特に緊張はしませんでした」

「うまくいってよかったというのは、あなたにとっては心地よい状況ですね」

「そうです」

このやり取りが、あとで真也を追い詰めるための伏線であることに、わたしは気づかなかった。

検察官が質問を終えたあと、裁判員の男性から真也に質問があった。

「あなたは千野さんが睡眠薬で眠ったあと、性的暴行を加えたと供述していますが、意識のない女性にそういう行為を行ったのはなぜですか」

「性的な興味があったからです」

嘘だ。わたしは傍聴席から声をあげそうになったが堪《こら》えた。性的な興味があったというのは、刑事がこしらえた理由だ。

「あなたは千野さんが自殺を決意したことに、同情していたのではありませんか」

「していました」

「気の毒だと思っていたのでしょう」

「そうです」

「そんなふうに思う相手に、意識のない状態で、しかもこれから殺害しようとしているときに、性的な興味が優先されたりするものでしょうか」

この裁判員は四十代で、真也の供述に疑いを抱いているようだった。わたしは真也がどう答えるか注目した。ほんとうのことを述べるチャンスだ。刑事の誘導があったことを話してほしい。

しかし、真也は感情を消したような口調で答えた。

「事実は供述書の通りです」

裁判員は不自然なものを感じたようだが、それ以上、質問することはなかった。


むかしから、真也はときどき感情を消しているように見えることがあった。

父の熱帯魚を死なせてしまったときもそうだ。

父は趣味でグッピーやネオンテトラなど数種の熱帯魚を飼い、書斎に六十センチサイズの水槽を置いていた。真也とわたしは生き物が好きで、よくいっしょに水槽を眺《なが》めた。夏の間は室温が高いので、父はサーモスタットを切っていた。秋口に急に気温が下がった日があり、小学六年生だった真也は、水温が二十度を切っているのを見て、サーモスタットのスイッチを入れた。父がたまたま出張で留守のときだった。ところが、サーモスタットの温度設定がズレていたらしく、高温になりすぎて、熱帯魚は一晩ですべて死んでしまった。

帰宅してそれを見つけた父が激怒した。真也は、水温が下がると熱帯魚がかわいそうだと思って、サーモスタットをつけたのだと説明したが、父の怒りは収まらなかった。

「どうして温度設定を確かめなかったんだ。設定が正しくなければ、サーモスタットをつける意味がないだろう」

そんなふうに父は理詰めで真也を叱責《しっせき》した。わたしは少し離れたところで見ていたが、真也は途中から黙り込み、完全に表情を消してしまった。理不尽に叱《しか》られている状況から、心をどこかに飛ばしてしまったかのようだった。

「おまえ、悪いと思ってるのか。おまえが迂闊なことをしたせいで、熱帯魚は一晩中、高温に苦しんで死んだんだぞ。かわいそうだとは思わないのか」

何と言われようと無反応。父は手こそ上げなかったが、黙《だん》りを決める真也に苛立ち、長い時間、説教をした。

やがて説教のネタもなくなり、父は「死んだ魚は庭に埋めてやれ」と命じた。わたしが「手伝おうか」と言うと、真也は「いらない」と答え、網で掬《すく》った二十匹ほどの熱帯魚をトイレに流してしまった。父に見つからなかったからよかったものの、バレたらまた激怒されるところだ。水温が下がったらかわいそうと思う気持ちと、死んだ魚をトイレに流してしまう感覚は、同じ人物の感情なのかと、わたしには理解できなかった。

高校を中退して、部屋に引きこもったあとも、たまたま居間で一也と出くわしたりすると、真也はアンドロイドみたいに無表情になった。何を言われても平気、怒りもしないし、反論もしない。その代わり、いっさい反応しないという顔だ。一也はそれを気味悪がって、真也と関わることを避けるようになった。

わたしには、ふつうに接してくれたが、少しでも引きこもりについて意見しようとすると、敏感に察知して表情を消してしまう。その豹変《ひょうへん》ぶりは怖いほどだった。

同じ嘘の証言でも、感情を消すどころか、堂々と胸を張って答えることもあった。豊川耕介さんからの金銭授受のことだ。

真也は取り調べから裁判まで一貫して、金銭の授受はないと供述していた。しかし、実際は豊川さんから二十万円を受け取っていた。

真也が番田駅近くのアパートに引っ越しして三ヵ月ほどしたとき、わたしは真也に横浜のホテルにあるフレンチの店に連れて行ってもらった。臨時収入があったというので、わたしがリクエストしたのだ。定職に就《つ》いていない真也には不相応な高級店だったが、ネットに出ている予算の表示を見て、「楽勝だよ」と余裕を見せた。

「臨時収入って、いくら入ったの」と、わたしが聞くと、「二十万」と、Vサインのように指を立てた。

それが豊川さんの謝礼だったことは、真也が逮捕されて間もないころ、拘置所で面会したときに聞いた。横浜でフレンチをご馳走《ちそう》になったことを話題にしたとき、真也が洩らしたのだ。

そのときはまだ取り調べも進んでおらず、お金のやり取りについても聞かれていなかったらしい。立ち会った刑務官も、わたしたちの会話に特別、注意を払っているようすはなかった。

真也が金銭の授受を否定していることを知ったのは、裁判がはじまってからだ。

検察官の質問に、真也は悪びれることなくこう言い切った。

「被害者のお金を奪ったり、被害者からお金を受け取ったりしたことはありません」

思っていたのとちがう供述に、わたしは証言台の真也をまじまじと見た。

豊川さんが謝礼をくれたということは、殺害の依頼があったことの傍証になるのではないのか。頼んでもいないことに、謝礼を支払うはずはないのだから。だったらなぜ認めない。やってもいない性的暴行をやったと言い、実際に受け取ったお金を受け取っていないと言った理由は何か。

次に面会に行ったとき、わたしはそのことを遠まわしに確かめた。真也が公判で否定しているかぎり、彼なりの理由があるのだろう。だとすれば、面会に立ち会っている刑務官にも、嘘がバレないようにしなければならない。

「お金のやり取りについては、性的暴行のときのように、刑事さんにしつこくは聞かれなかったの」

「聞かれたよ。前と同じく、刑事が怒鳴ったり、脅したり、宥めたりした」

「そのときは刑事さんが気の毒になったり、認めたほうがいいような雰囲気にはならなかったの」

「ならなかった」

「なぜ」

「さあな」

真也はわたしの気持ちを見透かすように、答えをはぐらかした。そして取り調べのことを早口にしゃべった。

「警察の捜査能力はすごいんだ。豊川さんの預金通帳を調べて、事件の少し前に、使途不明の十万円の引き出しが続けて二回あることを突き止めていた。ほかの出金は説明がつくらしい。豊川さんは生活費もそこから引き出していたんだけど、奥さんは二回の十万円は受け取っていないと証言したそうだ」

「でも、そのお金が真兄に渡されたという証拠はないのでしょう」

「そうだ」

「もしも、豊川さんが謝礼を渡したいと言ったら、真兄は受け取った？」

「たぶん。それは豊川さんの気持ちだからな」

自分のためではなく、相手のためにという感じだ。

「もし受け取っていたら、そのことを公表する？」

「どうかな――」

真也は少し考えてから、あくまで仮定の話という口調で続けた。

「公表しないかもしれない。金銭の授受があったことが知られれば、それが殺害の目的だったみたいに報じられるだろう。そんなふうに誤解されるのは、僕には耐えられない」

つまり殺害の理由を金銭目的と思われたくなかったらしい。依頼があったことの傍証にするより、プライドを優先したわけだ。

しかし、それなら性的暴行があったと報じられるのはいいのか。いったいどこがちがうのか。

そのことを聞くと、真也はいかにも億劫《おっくう》そうにこう答えた。

「性的暴行は世間の憎悪を掻《か》き立てるからいいけど、お金のことは軽蔑《けいべつ》しかもたらさないだろ」


真也という人間を理解するのは、妹のわたしでもむずかしい。

もともと真也は他人の共感を得にくい性格だし、実際、こんな事件を引き起こしたのだから、極悪非道の冷血漢と片付けられても仕方がない。しかし、わたしには大事な家族であり、最愛の兄でもあるのだ。

わたしがなぜ真也を大事に思うのかは、自分自身でもわからない。同じ兄でも一也に対する気持ちとはかなりちがう。一也もいろいろなことを教えてくれたり、相談に乗ってくれたりしたから嫌いではないが、真也との関係を考えるとき、どうしても一也には否定的になってしまう。

もしもこの事件を一也が起こしていたなら、わたしは一也に気持ちを寄せただろうか。わからない。しかし、可能性はある。ということは、事件のせいでよけいに真也に対する気持ちを強めたのか。

いずれにせよ、今のわたしの思いは、事件の加害者になった身内への哀切な感情だ。卑劣な罪を犯したことへの恨みはあるものの、やはり兄を見捨てるわけにはいかない。被害者や遺族には申し訳ないけれど、加害者になってしまった者の事情、巡り合わせやどうしようもなさを、わたしは無視できない。加害者になりたくてなる人はいないだろうから。

殺害に関して、豊川耕介さんからの依頼や承諾も認めようとしない真也に、佐原弁護士はまるで敵対しているかのように厳しい口調で質した。

「じゃあ、あなたはいったいなぜ、豊川氏を殺害したんですか」

「本人が死ぬことを希望していたからです」

「それは殺害の承諾があったのと同じではないですか」

「同じではないと思います」

「では、あなたが自分自身の意思で、豊川氏を殺害したのですか」

「そうです」

「なぜ」

「気の毒だったから」

気の毒だったから殺めた。つまりは憐《あわ》れみの気持ちで死なせたのか。

慈悲殺人。

その言葉で思い出すことがある。わたしが小学六年生で、真也は高校に入ったばかりのころだった。庭の椿《つばき》の根元に、怪我《けが》をしたスズメが落ちていた。原因はわからないが、片方の羽を骨折しているらしく、おかしな方向に伸びていた。胸のあたりに血もついていたので、猫に襲われたのかもしれない。

「真兄。スズメがいる」

わたしが呼ぶと、真也が出てきて、スズメを持ち上げた。怪我をした羽はブラブラで、これでは飛べそうになかった。全体に弱っていて、呼吸も荒かった。それでも黒いビーズのような目を見開き、細い脚をわずかに動かしていた。真也はしばらく見ていたが、やがてスズメの身体をぎゅっと握ると、もう一方の手で頭を一気に捻《ひね》った。わたしは真也が何をしたのかわからず、とっさに息が詰まった。スズメが死んだことがわかると、涙がポロポロあふれた。

真也が落ち着いた声で言った。

「このスズメはもう餌《えさ》を取れない。このまま生きていてもじわじわ餓死するか、猫にいたぶられて殺されるかのどちらかだ。それだったら苦しませるより、早く死なせてやったほうがいい」

真也の手の中に横たわるスズメは、静かな表情で何も感じていないようだった。それでよかったのか。わたしにはとても同意できなかった。まだ生きているスズメを、自分の手で殺すなんて、そんな恐ろしいことはとてもできない。

表情からわたしの気持ちを読み取ったのか、真也はこうも言った。

「競馬の馬が脚を骨折したら、安楽死させてやるだろう。それと同じだよ」

たしかにその話は聞いたことがあった。子どもながらに、どうしてそんなことをするのかと理解できずにいた。骨折なら安静にしているだけで治るじゃないか。そう思ったが、どうやら馬は安静が保てないので、骨折が治癒せず、よけいに苦痛を与えることになるらしかった。

しかし、それなら別の方法もあるだろう。たとえば、骨折が治るまで馬を麻酔で眠らせておくとか。しかし、今、改めて調べると、馬は歩くことによって蹄《ひづめ》がポンプの作用を担い、血液循環を保っているらしい。歩けなくなると、蹄がうっ血状態になって、炎症を起こし、激しい疼痛《とうつう》と全身の衰弱でよけいに悲惨な状況になる。麻酔で眠らせても、体重がありすぎて、下になっている部分が壊死《えし》してひどいことになるとのことだ。

結果、馬が骨折したときには、安楽死をさせてやるのがもっとも慈悲深いということになるらしい。安楽死をかわいそうと思っている人は、生かしておくことがもっとかわいそうな状況になることを知らないのだ。わたしたちは無意識に、都合のいいことしか見ていない。

それでもわたしは、真也が死んだスズメをそのままにして家の中にもどったことにも、信じられない思いだった。スズメがかわいそうだとは思わないのか。せめて、スズメを地面に埋めて、冥福《めいふく》を祈るべきだろう。

わたしはスコップで椿の根元を掘り、スズメを横たえて土をかけた。スズメに土をかけるのさえ、わたしにはつらかった。適当な石を見つけてきて、墓石の代わりにし、しゃがんで手を合わせた。

その一連の行動を、わたしははっきりと覚えている。その正しさを疑ったことはなかった。しかし、今、改めて思い返すと、現実に瀕死《ひんし》のスズメの苦痛を取り除いたのは真也であって、わたしがしたことは、単に自分の気持ちを鎮めるためだけのものだったことがわかる。スズメのことを思ってした埋葬は、わたしには意味があったが、スズメには何の意味もないことだ。

――一也は、自分に手を合わせてるだけだよ。

真也の言葉がよみがえる。

いや、そんなふうに考えるのは、知らない間に真也に影響されつつあるからかもしれない。よくない徴候だ。理屈ではそうだが、まるで人間味が感じられない。まるでＡＩの判断じゃないか。

殺害の依頼または承諾があったのかどうかが、裁判の大きな争点だったが、実際のところは亡くなった本人に聞く以外にないだろう。署名捺印《なついん》した書類でもあれば別だが、SNSのメッセージでは、どちらにでも解釈できる。

検察官が承諾がなかったことの根拠としたのが、殺害のタイミングだった。

千野翔子さんも豊川耕介さんも、リハーサルと称して酒と睡眠薬をのませ、意識を失った段階で絞殺している。すなわち、明らかな承諾の前に、騙《だま》し討《う》ちのようにして死なせているのだ。検察官はこれを明らかな不同意による殺害と断定した。

これに対し、佐原弁護士が真也に質した。

「相手にリハーサルだと思い込ませて死なせたのはなぜですか」

「二人はたしかに自殺の決意を固めていましたが、それでもやはり死を恐れていました。本番で死に向き合うとなると、恐怖による苦痛があるでしょう。リハーサルだと思って意識を失い、そのまま死ねばその恐怖を免れます。夜、眠りについて、そのまま死ねば何の苦痛もないのと同じです」

事前に打ち合わせしてあったらしい佐原弁護士が、水を向けるように訊ねた。

「あなたがそう考えるのに、参考になった小説があるそうですね」

「フランスのある作家が書いた短編です。安楽死をさせてくれるホテルに絶望した男がやってきて、安楽死を申し込みます。そのあと、夕食の席で同じ宿泊客の女性と知り合い、意気投合して新たに生きる決意をし、安楽死の予定を取り消します。生きる希望を持って眠りについたあと、男性は安楽死させられるのです。女性はホテルのスタッフで、死ぬことを忘れた状態で死なせることが、ほんとうの安楽死だという話です」

死ぬとわかっていて死ぬのはたしかに怖いだろう。逆に、夜に眠ったあと、そのまま朝、目覚めないのであれば、死は恐ろしくもなんともない。死が恐ろしいのは、死を意識するからだ。

そう思ったが、佐原弁護士は厳しい質問を発した。

「いくら死の恐怖を免れるためとはいえ、本人に心づもりのない状況で、死を迎えてもよいものでしょうか。自殺を決意していた二人にも、最後に何か言い残すか、しておきたいことがあったのではありませんか」

「それはわかりません。だけど、死ぬ前に何か残しても、死んだらわからなくなるので、僕は生きている間に死の恐怖を免れるほうが大事だと思ったのです」

真也の答えは、辻褄《つじつま》が合っているようでどこか歪《いびつ》だった。死んだら何もわからない。それはそうだが、あとに遺される者の気持ちは考えなくてもいいのか。

検察官も言っていたが、人はひとりで生きているわけではない。真也は死んでいく当人ばかりに気持ちを寄り添わせ、遺族や周囲の人間への配慮がなさすぎる。自殺にかぎらず、身内や友人が死ねば、遺された者は深い悲しみとつらさに苛《さいな》まれるのだ。なぜ、その気持ちを思いやることができないのか。

この話を、会社で佐伯部長にしたら、うちが出した本で安楽死について書いたノンフィクションがあると教えてくれた。著者は元新聞記者のジャーナリストで、タイトルは『安楽死が合法の国オランダ』。十年ほど前に出た本で、隠れたロングセラーらしい。

内容は二〇〇一年に成立したオランダの安楽死法と、実際の安楽死状況について書かれたものので、わたしが驚いたのは、オランダでは耐えがたい肉体的苦痛だけでなく、精神的な苦痛でも、安楽死が認められるということだ。

日本で言われている安楽死の四要件の中には、「耐えがたい肉体的苦痛」はあるが、精神的苦痛は含まれていない。つまり、心の悩みでは安楽死させてもらえないのだ。

オランダの安楽死法では、十二歳以上なら未成年でも安楽死が認められる。未成年や精神的苦痛にも安楽死を認めるということは、結局のところ、本人の意思を尊重するということにつながるらしい。家族や友人がいくら反対しても、本人が望めば安楽死を受け入れる。なぜなら、優先すべきは周囲の気持ちではなく、本人のそれだからだ。

このような発想が出るのは、自分が耐えがたい苦痛に苛まれたときのことを、リアルにイメージするからだと著者は書いていた。その苦痛を体験していない家族が、死ぬな、生きてくれと言ったらどれほどつらいか。

この発想は日本では受け入れがたいだろう。日本で優先されるのは、常に家族であり、周囲の反応であり、世間の思惑なのだから。

そう思いながら読んでいると、盲点を衝くような次の一文に出会い、わたしは激しく動揺した。

『もちろん、死んでほしくないという家族の思いは重視されるべきでしょう。しかし、家族の気持ちが大事と言う人は、忘れていないか。いざ、自分が死ぬ以外にない苦しみに陥《おちい》ったとき、優先されるのは自分ではなく、家族だということを』


真也が、殺害を承諾する言葉を聞いていないと言ったのは、単に事実を述べただけのようだった。もともと彼には妙に潔癖なところがあり、曖昧《あいまい》な状況を自分に都合のいいように解釈して、利用することを厭《いと》う気持ちがあった。

それに引き換え、メディアは都合のいい解釈にのみ偏っていた。遺族の悲しみに寄り添い、命の大切さを訴え、被害者の生きる意思を強調するような報道ばかりが繰り返される。それは当然かもしれないが、公平を期するなら、亡くなった人の気持ちを率直に受け止める必要もあるのではないか。

千野翔子さんのときもそうだ。

千野さんがどれほど失恋に苦しんだか、どれほどつらい思いをしたかについて、触れた記事はひとつもなかった。そのせいで失恋くらいで死を選ぶのはもったいないとか、短絡的だという印象が暗黙のうちに広がっていた。それは千野さんにとっては残酷なことではないのか。

失恋で死を決意した千野さんが、どれくらい絶望していたかを、どうして慮《おもんぱか》ってあげないのか。実際、そこまで追い詰められていたからこそ死を選んだのに、その気持ちを無視して、彼女は生きようとしていたとか、時間がたてば気分も変わるなどと主張するのは、彼女の思いをねじ曲げることにならないのか。

豊川耕介さんの死に関しても同様だ。報じられたのは、妻の美知恵さんの嘆きと悲しみばかりで、夫に生きてほしかったとか、どこまでも介護する覚悟だったとかの痛切な思いのみが強調された。なぜ、亡くなった豊川さんに寄り添う記事が出ないのか。

美知恵さんの幸せを願った豊川さんの決断は、立派なことではないのか。一生、夫の死を悲しんで年老いるのと、早く夫の死から立ち直り、新しいパートナーを見つけて笑顔で暮らすのと、どちらが美知恵さんにとっていいことか。

しかし、豊川さんの遺志に共感した記事はゼロだったし、死の決断を賞賛する報道も皆無だった。

それほどまで、死は否定されなければならないのか。これでは豊川さんの思いがまったく生かされない。それは死者に鞭打《むちう》つのも同然ではないのか。亡くなった本人に、あなたはまちがっていると、否定を突きつけることになるのだから。

しかし、わたしは戸惑う。そんなふうに思うのは、真也をかばいたいと思うあまり、わたしが徐々に彼の考えに引き寄せられているからではないか。

さらには、被害者の死を肯定することで、わたしは真也の行為を無理やり正当化しようとしているのかもしれない。それは決して許されないことだ。

三番目の被害者である星野瑠偉《ほしのるい》くんの場合は、さらに複雑だった。失恋や難病のようなわかりやすい理由がないのに、強い自殺願望があったからだ。

事件当時、瑠偉くんは十九歳。それまでに三回の自殺未遂を繰り返していた。

一度目は十六歳のときで、市販の睡眠導入剤を大量にのんで自殺を図ったが、途中で嘔吐《おうと》して失敗した。

二度目は十七歳のときで、感電死を目論《もくろ》み、電気コードの外装と絶縁体を剥《は》がし、露出した銅線をガムテープで胸と背中に貼《は》りつけて、タイマーでスイッチが入るようにセットした。睡眠導入剤で眠りにつき、電流が流れるところまではうまくいったが、汗とけいれんでガムテープが剥がれて失敗した。

二度の自殺未遂で、家族の監視が強まったが、三度目は十八歳になった直後で、自室のドアノブに紐を掛けて縊死しようとした。元「X JAPAN」のHIDEがその方法で自殺したことを何かで読んで試みたが、苦痛に耐えきれず、首に索状のあざを作っただけで死にきれなかった。足が床についていると自分で中断してしまうから、宙吊《ちゅうづ》りになる場所をさがしたが、室内では紐を掛ける場所が見つからなかった。

飛び降りや飛び込みは確実だと思ったが、あとの処理や補償で母親に迷惑がかかるので、選択肢には入れなかった。入水《じゅすい》も考えたが、溺死《できし》は苦しいだろうし、泳ぎも得意なので、むずかしいと判断した。

そんなとき、SNSで真也のメッセージを知り、連絡してきたのだった。

瑠偉くんは、母親の由羅《ゆら》さんと祖母のユヅキさんの三人暮らしだった。父親はアルコール依存症だったらしく、瑠偉くんが二歳のときに由羅さんと離婚し、その後、失踪《しっそう》したとのことだった。ユヅキさんも夫と離婚しており、瑠偉くんは祖父と会ったことがなかった。

瑠偉くんは早熟で、小さいころから絵がうまく、小学校では何度もコンクールで入賞していた。由羅さんも芸術系の大学を卒業し、デザインの個人事務所を開きながら、プロの造型作家として活動していた。瑠偉くんの才能を育てるため、由羅さんは芸大の教授が主宰する絵画アカデミーに瑠偉くんを入れ、教授もその特異なセンスを評価していた。

しかし、早熟ゆえか、中学生になると学業を放棄して、読書に熱中するようになった。二年生で不登校になり、そのまま高校にも進学しなかった。いじめや不適応のせいではなく、勉強に対する忌避感が理由だった。

「学校でくだらない授業を受けるより、自分で勉強したほうがいいと、瑠偉は言っていました」

紫に染めた髪を刈り上げにし、トロピカルなオレンジ色のブラウスに黄緑色のモンペという奇抜な恰好《かっこう》で、第六回公判に出廷した由羅さんが、検察官の質問に答えて言った。

検察官が続けて聞く。

「十代半ばから三度も自殺未遂を繰り返した理由は何ですか」

「わかりません。何を考えているか、わかりにくい子だったので」

「厭世観《えんせいかん》というか、虚無的なことを口にすることはなかったのですか」

「ありません」

「母親としては心配ではなかったのですか」

「心配は心配でしたが、とにかく変わった子だったので、息子なりの考えがあるのかと思っていました」

「それが自殺につながるかもしれなかったのに、そのまま放置、いや、ようすを見ていたのですか」

検察官の聞き方には棘があった。由羅さんの態度が検察側にとって好ましいものでなかったからだろう。彼女は瑠偉くんの死を悲しんではいたが、ほかの遺族とは異なり、どこかそれを受け入れている節があった。

検察官は瑠偉くんの遺稿を集めた詩画集を手に、由羅さんに聞いた。

「これは瑠偉くんの自画像ですが、暗黒の背景に顔中からさまざまな色の火花が散っているように見受けられます。首が長く伸び、目は虚空《こくう》を見つめて、灰色の瞳にピンホールのような瞳孔《どうこう》が描かれています。口も大きく開かれ、絶叫しているように見えます。このような作品から死を予感することはありませんでしたか」

『星野瑠偉の世界』と題された詩画集は、由羅さんが瑠偉くんの作品を一冊にまとめたものだ。はじめは少部数の自費出版だったが、評判を呼び、昨年、大手出版社から新装版が出された。

検察官が示した絵は、もっともインパクトのあるものだ。水彩とパステルで描かれた作品で、わたしも見た瞬間、異様な迫力と禍々《まがまが》しさに圧倒された。たしかにこの自画像には死の空気が濃厚にまとわりついている。しかし、由羅さんはそうは感じていないようだった。

「瑠偉はふだんは無口でしたが、強烈な個性を内に秘めていましたから、それがこのような絵に表れたのだと思っていました」

「では、このアフォリズムめいた散文詩はいかがですか」

検察官が読み上げたのは、『生きる理由』と題された詩とも散文ともつかないものだ。

『生きる理由とは何か
生きていれば　いいことがあるから？
なら　いいことがなければ死んでもいいのか
死ねば親が悲しむから？
なら　親が悲しまなければ死んでもいいのか
本能が生きることを求めるから？
なら　本能が死ぬことを求めれば死んでもいいのか
命が大切だから？
なら　大切でないと思えば死んでもいいのか
あるのは相対的な理由だけ
ペットの命は大事にするが　食用の動物の命は顧《かえり》みない
命を大事にする人は　自分が死にたくないだけだろう
死にたくない人が　自分の命を大事にするのは勝手だけれど
死にたい僕に　命を大事にしろと　命じることはできないはず』

由羅さんは朗読を聞きながら、涙を拭《ぬぐ》った。

「あの子が死んだあと、ノートを見るまで、瑠偉がこんなことを考えていたとは知りませんでした……。かわいそうに」

「かわいそうというのは、被告に殺害されたことを指すのですか」

「いいえ。こんなに苦しんで生きていたのかと思って」

「でも、まだ十九歳ですよ。この不安定な時期を乗り越えれば、ふつうに生きていけたとは思いませんか」

「思いません。瑠偉は感受性が強すぎたのです。うまく説明できませんが、とにかく瑠偉は苦しんでいました」

「具体的な理由もなしにですか」

「理由はあったと思いますが、わたしにはわかりませんでした」

「瑠偉さんはうつ病だったのではないですか」

「ちがいます」

「しかし、理由もなく苦しんで、死ぬことを考えるのは、うつ病の可能性が高いと思いませんか」

　検察官は由羅さんに、瑠偉くんがうつ病だったことを認めさせようとしていた。わたしもそうではないかと思った。うつ病だったから、わけもなく死に惹《ひ》かれたのではないか。とにかく苦しいというのも、うつ病だった母と同じだ。それならもし治療をしていれば――。

しかし、由羅さんはそれを否定した。

「瑠偉が死ぬことを考えたのは、病気ではなく、才能だと思います」

その答えに、検察官は顔色を変えた。

「才能だったから、死を選んでも仕方ないということですか。被告に殺害されたことも致し方なかったと？」

検察官の強い口調に由羅さんはひるみ、少し間を置いてから答えた。

「仕方がなかったとは思いません。瑠偉がいなくなって寂《さび》しいし、悲しいです。まったく面識のない被告に殺されたことも、許しがたいです」

許しがたいと言いながら、声に力はなかった。ほかの遺族、たとえば千野さんの母親は、「家族を殺された者の気持ちがわからないのか」と、絶叫するように真也を責めた。豊川美知恵さんも、「夫を返して。ふつうの生活を返して」と言いながら泣き崩れた。だが、由羅さんの口調は、ほとんどつぶやきのようだった。

続いて、星野ユヅキさんが検察官の質問を受けた。

ユヅキさんは六十歳前らしいが、きれいな銀髪で、服装は由羅さんほど奇抜ではないが、両耳に腕輪ほどの大きなピアスを下げているのが、異様と言えば異様だった。

「あなたは瑠偉さんと同居していて、自殺の徴候には気づきませんでしたか」

「なんとなくわかっていました」

「それを止めようとはしなかったのですか」

「はっきり死にたいと言っていたわけではないので、心配でしたが、見ているより仕方ありませんでした」

「お孫さんが十九歳の若さで殺害されたことについて、被告に言いたいことはありませんか」

「瑠偉が最後、苦しまなかったかどうか、聞きたいです」

ユヅキさんもまた、瑠偉くんの死をある程度受け入れているように見受けられた。それも検察官には気に入らないようだった。

検察官はひとつ咳払いをし、改まった調子で訊ねた。

「先ほどから聞いていると、あなたも由羅さんも、瑠偉さんが殺害されたことについて、一定、容認されているようにうかがえますが、それはなぜですか」

ユヅキさんは由羅さんとは異なり、感情を露《あらわ》にして答えた。

「容認なんかしてません。瑠偉が逝《い》ってしまって、由羅とわたしがどれほど悲しんでいるか、あなたにはわからないんですか。瑠偉がどんな子だったかも知らないくせに、上っ面だけ捉《とら》えて、あれこれ言うのはやめてください」

ユヅキさんの怒りは真也にではなく、検察官に向けられていた。わたしには奇妙なことでもあり、納得のいくことでもあった。

つまり、裁判や報道で明かされるのは、事実のごく一部だということだ。だが、世間はそうは受け取らない。明かされた事実がすべてだと思い込む。

瑠偉くんがどんな人間で、どんなことを考え、どんなことに影響を受け、どんなふうに生きて、なぜ真也に連絡をし、なぜ死に急いだのか。世間は深く知ろうとしない。由羅さんやユヅキさんとどんな関係で、二人が瑠偉くんの死をどう受け止めているのか、それも考えない。検察官は、真也に死刑の判決が下るのに役立つ証言ばかりを集めようとし、佐原弁護士は佐原弁護士で、死刑判決を回避することだけに全力を注いでいた。

千野翔子さんについても、豊川耕介さんについても、世間は実際の二人を深く知ろうとはしない。気の毒な犠牲者、同情すべき対象と考えるばかりで、その状況に合わない不都合なことは聞きたくないと暗黙のうちに拒絶している。

真也についてはもっとそうだろう。真也のことで世間が知っているのは、SNSで三人の自殺志願者を募り、アパートに引き入れて殺害した元引きこもりの無職の男。新聞や週刊誌、ネットに挙げられた真也自身のSNS画像と、だれが提供したのかわからない中学校の卒業アルバムの写真。そして、法廷スケッチで描かれた頰のこけたスキンヘッドの風貌《ふうぼう》――。

それらの情報に嘘はない。しかし、それは真也のごく一部にすぎず、彼の行為の深層を明らかにするものでは、到底ない。

なのに世間は真也を理解したつもりになり、〝冷酷無比〟とか〝おぞましい〟などという言葉を貼りつける。ある週刊誌は、『夜叉《やしゃ》のように無慈悲に自殺志願者を殺害した』と、まるで見たように書き、いくら攻撃しても文句の出ない〝パブリックエネミー〟としての虚像を膨《ふく》らませた。わたしはそれに待ったをかけたい。

真也はそんな人間ではない。もっとちがう面がある。別の人生だってあり得た。致し方ない偶然もあった。彼が悪いのではなく、たまたまの巡り合わせで、人生が狂ってしまった側面もある。そのことに同情の余地はまったくないのだろうか。

真也にとっていちばんの不運は、やはり一也と同じ学年になったことだろう。学年がちがえば、真也もあれほど屈辱を感じることもなかったろうし、劣等感に悩むこともなかっただろう。

わたしは真也の三歳下だが、子どもながらに彼のつらい気持ちを肌で感じていた。

学校の宿題でも、優秀な一也はすぐに終えてゲームをはじめる。真也もゲームをやりたいが、宿題が終わらないのでイライラする。焦って早く片付けようとすると、集中力がなくなり、よけいに答えが書けなくなる。途中で我慢できなくなって投げ出すと、一也が母に告げ口をし、真也はまた宿題に引きもどされる。

なんとか宿題を終えて、一也と同じゲームをするが、一也ほどステージを進めない。それを一也が嗤《わら》う。同じ学年だから同じ成績をと、必死に頑張るが、どうしても追いつけない。なんとか近づくと、一也はこれ見よがしに別の遊びをはじめ、真也の努力は徒労に帰す。

ほかにも、一也は真也に意地の悪い仕打ちを重ねた。告げ口、嘲笑、からかい、蔑《さげす》み。しかし、ほんとうにコンプレックスが強かったのは、一也のほうではないか。

家の中で真也をいじめたのは、外でのうっぷんを内で晴らすしかなかったからだろう。いじめが常にそうであるように、問題はいじめる側にある。心が満たされている者は、ほかの人間をいじめたりはしない。外で強い者に虐げられるから、内で弱い者を虐げる。わたしにはそうとしか思えなかった。

だから、真也の存在は一也にも不幸だったのかもしれない。なまじいじめやすい真也がいるから、忍耐を覚えず、安易なうっぷん晴らしに走ったのだ。

真也が高校二年生で哲学めいたことに目覚めたのは、倫理社会の授業で西洋哲学の概要を習ったことがきっかけらしかった。カント、ニーチェからフロイト、ラカン、レヴィナスなどを読みあさり、現実を離れて思考の世界に潜行していった。

真也が哲学めいたことにはまったのは、一也に勝てない現実からの逃避だったのかもしれない。それまでの真也は、常に一也という対象に、屈辱と敗北と劣等感を掻き立てられてきた。そこから脱却するために、ことさら難解な本を読み、超越した価値観の中で、負の感情を一掃したのだ。

実際に自殺志願者の殺害に至るまでには、さらに紆余曲折《うよきょくせつ》はあっただろうが、その心理の〝発芽〟は、まちがいなく一也との関係だったと思う。


裁判ではほかの二人同様、瑠偉くんの場合も、殺害の依頼や承諾があったのかどうかが問題にされた。残されたSNSのやり取りでは、それをうかがわせるメッセージが、ほかの二人以上に見当たらない。このことから、検察官は単純に依頼や承諾はなかったと断定した。

一方、佐原弁護士は、真也と瑠偉くんの間に交《か》わされたやり取りが、暗黙の了解として死の実行を前提としていると指摘した。そもそも、真也が公開していたSNSのメッセージが、自殺の手伝いを申し出るものなのだから、自発的に真也のもとを訪ねた段階で、少なくとも承諾があったと見なされるのは、ほかの二人と同様だと主張した。

佐原弁護士は被告人質問で、真也に瑠偉くんとのやり取りを質した。

「星野瑠偉さんは、あなたのアパートに合計五回訪れています。どんな話をしたのですか」

「はじめは瑠偉の自殺未遂について聞きました。なぜそんなに死にたいのか。そう聞くと、瑠偉は驚いたような顔で、村瀬さんは死にたくないのですかと聞くので、もちろん死にたいよと答えました」

またおかしなことを言う。ふざけているのか、あるいは裁判官と裁判員を混乱させようとしているのか。佐原弁護士も奇妙な印象を持ったようだが、それまでの打ち合わせで同じことを聞かされていたのか、聞き返しもせず先に進んだ。

「瑠偉さんの死にたい理由は何だったのですか」

「本能としか言いようがありません。具体的な理由があるわけじゃないと思います」

「それで納得できますか」

「もちろんできます。瑠偉もはじめは死にたい理由がわからず、いろいろ考えたようです。生きているのがつらいからとか、才能が枯渇したとか、生きていても意味がないとか、でも、どれもほんとうじゃない。自分を納得させるために、後付けで考えた理由だと、瑠偉は気づいたんです。まず死にたいという気持ちがあって、それ以上でもそれ以下でもない。むしろ、だれにでもある気持ちだと」

ここで佐原弁護士は、真也の言い分と世間一般の考えの橋渡しをするように、改まった調子で訊ねた。

「しかし、ふつうの人は死にたいとは思いませんよね」

「気がついていないだけじゃないですか」

「どういうことです」

「だって、自分から命を縮めるようなことをしている人は多いでしょう。わかっていながら不健康な生活をしたり、仕事で無理をしたり、わずかな危険を恐れてワクチンを拒否したり、ロッククライミングやスキューバダイビングなど、わざわざ危険なスポーツをしたり」

傍聴席から失笑が洩れた。佐原弁護士は話が逸れたことに遺憾《いかん》の意を示すように、ひとつ咳払いをした。

「ほかにはどんなことを話しましたか」

「死後の世界があるかどうか話しました。あるとしても、現世では確かめようがないので、考えることは意味がないという点で一致しました。瑠偉は死後の世界を信じる人は、都合のいい空想ばかりしているけれど、もしほんとうにあったらきっと退屈するし、いやな相手も存在するし、ネアンデルタール人なんかもいるだろうから、ものすごい人数で、収拾がつかないと言ってました。楽しみは歴史上の人物に会えることくらいだろうけど、それも飽きるし、結局、二百年くらいしたら早く消えてなくなりたいと思うのじゃないかと。だったら、今、消えてなくなっても同じだと」

「それで自死を求めたのですか」

「瑠偉は死を体験してみたいと言ってました。死を知りたいのだと。そのためには意識を残したまま死にたいと言ってました。でも、苦しいのはいやだと。死を意識しながら死ぬ方法がわからないので、二人でいろいろ調べました。ネットで脳内モルヒネのことを見つけたので、それが放出されたら気持ちよく死ねるはずだと思いました。しかし、どうすれば脳内モルヒネが出るのかわからない。調べていくと、死ぬ前には血液中の二酸化炭素濃度が上がって、CO_2ナルコーシスという状況になり、意識障害が起きて、うとうとした状態になるそうです。ナルコティクは麻薬の意味ですから、似たようなものだと思い、二酸化炭素の濃度を上げるため、瑠偉に紙袋呼吸をさせてみました。自分の吐《は》いた息を繰り返し吸うことで、血液中の二酸化炭素濃度を高める方法です。ところが、実際にやってみると、気持ちよくなるどころか、瑠偉は頭痛がすると言って、途中でやめてしまいました」

真也はいつになく多弁だった。瑠偉くんとは気が合い、考えも近かったので、彼との関わりを話すのが楽しいのだろう。

「それで結局、どのような方法を使ったのですか」

「睡眠薬を使うことにしました。でも、眠り込ませるのではなく、朦朧《もうろう》となったところで首を絞めることで合意しました。前の二人と同じように、首にロープをまわしてドアノブに掛け、僕が引っ張るようにしました。前の二人は力一杯引っ張っただけですが、瑠偉のときは微調整しました」

「どういう調整ですか」

「瑠偉が死の瞬間をしっかり意識できるように、一気に死なせないで、時間をかけたのです。もちろん、できるだけ苦痛は感じないように配慮しました。最初、苦悶《くもん》の表情を浮かべたらロープを緩《ゆる》めたのですが、それだと次に絞めたときまた苦しそうにするので、何度か繰り返したあと、逆に少し力を入れて引っ張りました。すると、顔が充血したみたいになり、歯を食いしばって眉間《みけん》にきつく皺《しわ》を寄せていましたが、徐々にそれが緩み、やがて何か神々しいような無表情になりました」

傍聴席のパーティションの向こうから、嗚咽の声が洩れた。由羅さんとユヅキさんだろう。瑠偉くんの最期の状況をリアルに聞かされて、悲しみがよみがえったのにちがいない。それでなくても残酷なことなのに、真也はまるで楽しい思い出を語るかのようにしゃべった。

「きっと脳内モルヒネが出たんだと思います。まだ完全には死んでいなかったから、瑠偉はその効果を実感したはずです」

「瑠偉さんは抵抗しなかったのですか」

「苦しそうなときはロープに手をかけて、はずそうとしました。でも、それは抵抗というより生理的な反応だったんじゃないですか」

そんなはずないだろう。わたしは真也に激しい怒りを覚えた。どうして母親と祖母が聞いているところで、そんな残酷な死の状況を淡々と語ることができるのか。

真也は瑠偉くんに弟のような親近感を抱いていたはずだ。いくら死に惹かれているからといって、未成年の彼をよくも平気で死なせることができたものだ。真也はやはり人間としての何かが欠けている。そうとしか思えない。

なぜそんなふうになったのか――。

わたしは絶望のあまり思いも及ばなかったが、このときの供述が、あとで真也をとんでもない窮地に追い込むことになった。事実とはまったくかけ離れた検察官のストーリーの捏造《ねつぞう》に悪用されて。

真也には大きな欠落がある。通常の人間には当たり前に存在している感覚、感情、共感性が抜け落ちている。

一也が実家に帰ってきたとき、真也の欠落のことを聞くと、さも憎々しげにこう答えた。

「あいつはもともとそうなんだ。自分がダメなときとか都合が悪くなったときは、心を空洞にして、現実に向き合うのを避けてたんだ」

そのあとで不安そうにつぶやいた。

「あいつは根本的に、俺たちとはちがう人間なのかもしれない」

一也は記憶をよみがえらせるように、真也の不気味な過去を話してくれた。

「中学生になる直前の春休みに、友だちと自転車で今池《いまいけ》に遊びに行ったんだ。覚えてるだろ、近所にあったちょっと大きめの池。真也も後ろからついてきた。池の端に狭い空き地があって、ゴミが捨ててあった。そこに紙袋があって、動物の足みたいなのがはみ出してたんだ。友だちの一人が棒切れで紙袋をひっくり返すと、中から子猫の死骸《しがい》が四匹ほど出てきた。子猫はどれも頭を割られていて、皮がめくれて白い骨が露出していた。血のついた脳らしいものも見えた。みんな悲鳴をあげて逃げたけど、真也は逃げなかった。それどころか、死骸の前にしゃがんでのぞき込んでたんだ」

「気味悪くなかったのかしら」

「俺もそう思ったさ。『おまえ、気持ち悪くないのか』って聞いたら、真也はニッと笑って、『平気だよ』と言った。そのときのあいつの顔には、今まで見たこともないような優越感が浮かんでた。いつも俺に負けて悔しそうにしてる真也とは、別人みたいだったよ」

一也が耐えられないものに、自分は平気だということで、優越を感じたのだろうか。

頭を割られた子猫の死骸を見て、平気なのは明らかにふつうの感覚ではない。不気味さを感じないのは大きな欠落だ。たしかにそれは、遺族の前で殺害の状況を淡々と語る真也に通じるかもしれない。性格の問題とかではなくて、一種の病気ではないのか。

もし病気なら、専門は心療内科だろう。わたしはふたたび白島先生を思い浮かべた。先生に相談すれば何か答えが見つかるかもしれない。それで久しぶりにホワイト心療内科クリニックを訪ねてみることにした。


クリニックのホームページによると、白島司先生は東京の一流私立大学の医学部を卒業し、精神科の医局に入って博士号を取ったあと、アメリカのプリンストンとハーバードの両大学に研究留学していたらしい。専門は精神病質学で、アメリカで八年ほどすごしたあと、帰国して、出身地の相模原市中央区《ちゅうおう》上溝《かみみぞ》で、新しく心療内科クリニックを開いたとあった。

年齢は書いていないが、たぶん四十代前半だろう。女優そこのけの美人だが、それを鼻に掛けることもなく、気さくで親しみやすい先生だ。わたしが不眠症の治療を受けていたときは、患者もさほど多くはなく、いつもゆっくりと話を聞いてくれた。その後、同じく不眠症に悩んでいた真也に受診を勧めたのも、白島先生を信頼してのことだ。当時、真也は市販の睡眠薬を多用して、どれも効かないほど重症化していた。

——薫子が教えてくれたクリニック、すごくいいよ。おかげで眠れるようになった。

通院しはじめて一ヵ月もたたないうちに真也は回復し、嬉しそうに報《しら》せてきた。

——不眠症は治ったけど、白島先生に会って話すと気分が楽になるし、いろいろ勉強になるから定期的に通ってる。

真也は母の自殺後、二年ほどで引きこもりから脱し、茅ヶ崎市の印刷会社で働きはじめた。当初は藤沢《ふじさわ》の実家から通っていたが、やがて会社の近くにアパートを借りて、独り暮らしをしていた。彼が不眠症になったのはそのあとで、仕事をやめて番田駅の近くに移ったのは、それから少ししてからだった。

真也がどれくらいの頻度で診察を受けていたのかはわからないが、引っ越しまでして通ったのだから、白島先生もきっと真也のことは把握しているだろう。そう思って予約を入れようとすると、白島先生は用件を聞いて、診察時間ではなく休憩時間にいらっしゃいと言ってくれた。

約束の日、懐《なつ》かしいブルーとベージュのパステルカラーの診察室に入ると、先生は笑顔でわたしを迎えてくれたあと、声を落として言った。

「あなたのお兄さんが、事件を起こしたことを聞いて、ずっと悩んでいたの。わたしにも責任があるんじゃないかと思って。心療内科医として関わっていたのに、事件を止められなかったから」

表情を曇らせる先生に、わたしは申し訳ない気持ちで、「先生に責任などありません」と否定した。白島先生はわたしの不眠症も心配して、「必要だったらまたいつでもお薬を出してあげるから」と気遣ってくれた。

裁判の傍聴を続けていることを話し、そこで聞いた証言や真也の反応の意味を知りたいと言うと、先生はもう少しほかのことも聞きたいと求めた。それで一也に聞いた話や、わたしが覚えていることを詳しく話した。

聞き終えると、白島先生は落ち着いた声で低く言った。

「驚かないで聞いてね。どうやら真也さんはサイコパスかもしれないわね」

もしかしてという気はあったが、専門家の口から聞かされるとショックだった。しかし、事実は受け入れなければならない。

「たぶんそうなんだと思います。事件を起こしたのも、もともとひどい人格だったからなんですね」

落胆を隠さず認めると、白島先生はわたしの顔をのぞき込み、慰めるように言った。

「あなたは誤解してるようね。サイコパスがひどい人格だと決めつけるのは偏見よ」

どういうことか。目顔で問うと、先生はていねいに説明してくれた。

「健常者にいろいろな人がいるように、サイコパスにもいろいろなタイプがあるの。あなたのお兄さんは、いわば〝善良なサイコパス〟じゃないかしら」

「善良なサイコパス？」

オウム返しに聞くと、具体的に教えてくれた。

「サイコパスの特性は、他者に冷淡で共感しないとか、平然と嘘をつくとか、良心や罪悪感の欠如、自己中心的で、犯罪に対する抵抗性が低いなどが挙げられる。でも、サイコパスであれば、すべてが揃《そろ》っているわけではないの。今聞いた話では、ご遺族の前で殺害の状況を淡々と話したのは、他者への共感性の欠如でしょうね。やってもいない性的暴行をやったと言ったり、実際にあった金銭授受を悪びれることなく否定したりしたのは、平然と嘘をつくに該当するわね。自殺志願者を殺めたのは、犯罪に対する抵抗性の低さで、それをよいことのように思っているのは罪悪感の欠如ね。だけど、お兄さんは自己中心的でもないし、他者に冷淡というわけでもないでしょう。どちらかと言えば、自殺志願者のつらさを取り除くために、自殺に手を貸したわけだから、温情があったとも言えるわ」

「だから、善良というわけですか」

「瀕死のスズメを殺したのも同じよ。思い切って殺すことが慈悲になるから、死なせたのでしょう。ふつうの人は残酷さに対する忌避感が強いから、手を下せない。結果、スズメが無駄に苦しむのを放置してしまう。どちらが善意の行動だと思う？」

そう言われれば、真也の行動は正しかったのかもしれない。

「お兄さんが競走馬の安楽死の話をしたのもわかるわ。骨折で安楽死させるなんてかわいそうと言う人は、実はその人のほうが残酷なことを言ってるのよ。本人は気づいていないでしょうけど」

「子猫の死骸に動じなかったり、死んだ熱帯魚をトイレに流したのはどうなんですか」

「それもサイコパスの特徴である結果至上主義でしょうね。サイコパスは極端にドライな感覚の持ち主が多いから」

真也が母の仏壇に手を合わそうとしないのもそれか。

「真也は精神鑑定を受けて、責任能力ありと判定されたんですが、サイコパスは心神喪失とか心神耗弱に当たらないですか」

「それはまた別。世間から注目された裁判の精神鑑定は、結果ありきが多いから、どうしても被疑者に不利な結果になるわね。鑑定医が心神喪失と判定したら、刑法三十九条で被疑者が無罪になるでしょう。そんな鑑定は世間が受け入れない。下手をすると、鑑定した医師がバッシングされる。裁判官だって、心のどこかで世間の反応を気にしながら判決文を書くからね」

白島先生は残念そうに首を振った。

わたしは一也のことも心配になり聞いてみた。いくつかのエピソードを話すと、先生は少し困った顔をし、薄く微笑《ほほえ》んでから言った。

「話を聞く限り、上のお兄さんはサイコパスではなさそうね。一応は健常者のようだけど――」

「だけど、何ですか」

先を促《うなが》すと、先生はふたたび申し訳なさそうに唇を引き締めた。

「こんな言い方、おかしいかもしれないけれど、善良なサイコパスとは逆の、邪、悪、な、健、常、者、というものもあるの。上のお兄さんは、もしかしたらそちらかも」

〝邪悪な健常者〟という一也への評価には、思い当たることがあった。

いつだったか、わたしが大学の一年生か二年生のとき、日曜日に一也と横浜に行くと、混雑した歩道を太った中年の女性が歩いていた。女性は足が悪いらしく、杖《つえ》をついていた。速く歩けない上に道の中央を歩いているので、女性の後ろが渋滞してノロノロ歩きになった。一也が「端を歩けばいいのに」と舌打ちをした。たしかにその女性が端を歩いてくれれば、人通りはスムーズになっただろう。だが、女性はそんな気遣いをするそぶりもなく、むしろ両腕を広げるようにして歩いていた。

「あんなに太ってみっともない。だから足が悪くなるんだ。自己管理能力ゼロだな」

一也が嫌悪感丸出しで吐き捨てた。

渋滞に苛立った人たちは、女性の両脇《りょうわき》をすり抜けるようにして追い越していった。一也とわたしもそれに続き、彼女の左右に分かれて追い越した。追い越す瞬間、一也が女性の杖を足で払った。女性はバランスを崩して、派手に転倒した。

あっと思って立ち止まると、一也がわたしの手をつかみ、「行くぞ」と低く怒鳴った。倒れた女性のことが気になったが、後ろにいた別の男性が助け起こしていたので、そのまま一也に従った。一也は逃げるような足取りでどんどん進んだ。

しばらく行ってから、わたしは一也に訊ねた。

「一兄、あの人の杖、わざと蹴《け》ったの」

「何のことさ」

明らかにとぼけている顔だった。

一也は真也のように感情の欠落があったり、反応がおかしかったりということはない。だが、意地悪で嫉妬深《しっとぶか》く、頭はいいけれど狡《ずる》い。白島先生が言った〝邪悪な健常者〟という表現がぴったりの気がする。真也をいじめ続けたのも、その性格のゆえだろう。

一方、真也には逆の記憶がある。

わたしが小学三年生のとき、どこへ行くのだったかは忘れたが、中学生だった兄二人とＪＲ藤沢駅で電車が来るのを待っていた。その少し前に友だちからミニーマウスの小さな人形をもらい、わたしは嬉しくて指に紐を掛けてくるくるまわしていた。すると、はずみで人形が飛び、線路に落ちてしまった。あっと思ったが、ホームが高くてわたしには拾うことができなかった。

「あれ、取って」

わたしが声をあげると、一也が怒鳴った。

「バカ。線路に落ちたものが取れるかよ」

「いや。取ってきて」

わたしが半泣きで言うと、一也は「もう電車が来るぞ。こんなとこで振りまわすおまえが悪いんだ。あきらめろ」ときつく命じた。たしかに駅の近くにある遮断機が警報を鳴らしはじめた。わたしは絶望のあまり、「うわーん」と泣き声をあげた。

すると、真也がとっさに線路に飛び降りて、人形をわたしに向けて放りなげ、自分は何度かはずみをつけて、転がり込むようにホームによじ上った。近づいてきた電車が耳をつんざくような警笛を鳴らした。

「何やってんだ。危ないだろ。みんなが見てるじゃないか」

一也が真也に怒鳴った。わたしは声も出せず、心臓が飛び出しそうなほどの衝撃に耐えていた。大人たちが遠巻きにわたしたちを見ていた。一也は「すみません」と、何度も頭を下げて謝った。その横で、真也は何事もなかったかのように服の汚れをはたいていた。

「こっちへ来い」

電車が入ってきても乗らず、一也は真也とわたしをホームの奥に引っ張った。

「おまえは、電車が来てるのに、線路に下りたらどれだけ危険かわからないのか。電車が遅れたら、みんなが迷惑するだろ」

一也は興奮が抑えられないようすだったが、真也は落ち着いていた。

「だって、薫子が泣いてたから」

「そんなことが理由になるか。もう帰る」

そう言い捨てるや、一也はひとりで家に帰ってしまった。

当然、真也はあとできつく叱られ、わたしも怒られた。

あのとき電車が近づいていたことは、真也も気づいていただろう。それでも危険を冒《おか》して人形を拾ってくれた。このことは、わたしに対する優しさの記憶として、強く胸に刻まれている。しかし、もうひとつの要素もあるのではないか。すなわち、恐怖心の欠如。優しさに加え、通常の感覚がかけていたからこそ、電車が近づく線路に飛び降りることができたのだ。

白島先生が言った〝善良なサイコパス〟という言葉が、そのことをわたしに思い出させた。


いったいなぜ、そんなことになったのか。

裁判の中で、検察官も度々、真也の異常性をあげつらった。

「あなたの感覚は、通常とはまったく異なる。まるで突然変異のようだ」

真也はほんとうに突然変異で、両親や祖父母の遺伝子とは無縁の存在なのか。もしそうなら、真也が起こした事件も、我々身内とは無関係だと片付けられる。多くの凶悪犯罪者の家族も、そうやって自らを護《まも》ってきたのだろう。そのほうが気が楽なのはたしかだ。しかし、ほんとうのところはどうか。

わたしは真也を家族とは無縁な存在として切り捨てたくはない。実際、外見的にも一也は父親似だが、真也とわたしは母親似だ。逆に父方の祖父の若いころの写真で、真也を彷彿《ほうふつ》させるものもある。

真也が突然変異でないなら、身内に真也に通じるものを持った人間がいるのか。

そう言えば、一人、変わった人がいた。

父の叔母、宮城野《みやぎの》桂子《けいこ》だ。

真也やわたしにとっての大叔母は、決して犯罪傾向や社会不適応の人間ではない。むしろ事業家として成功し、八十七歳の今も現役で活動するタフな女性だ。

学習塾を経営していた夫の安明《やすあき》が早くに亡くなると、大叔母は塾を予備校化し、医学部を目指す学生を一年間、都心のワンルームマンションに住まわせて、ほぼ監禁状態で勉強させるシステムで、大成功を収めた。

さらに富裕層の不登校児のためのフリースクールも作って、高額の授業料を取って単位を出し、同じくエリート層向けの家庭教師の派遣事業でも成功した。

大叔母は教育業界のみならず、セレブ御用達《ごようたし》の結婚斡旋業《あっせんぎょう》、超高級の介護サービス事業、アンティークショップなども手がけ、いずれも順調に推移していると聞く。

そんな大叔母にわたしが違和感を持ったのは、母が自殺したときの通夜での態度だった。

甥《おい》の妻が亡くなったというのに、集まった親戚《しんせき》に自分の事業がいかに素晴らしいかを吹聴《ふいちょう》し、どれだけ社会に貢献しているかを早口でまくしたてた。いくらめったに会わない身内が集まったとはいえ、あまりにも場ちがいな話題だろう。

それだけでなく、突然、何の脈絡もなく、母の死についてこう言い放った。

「自殺も悪くないわね。悩みも苦しみもいっさい消えるんだから。あたしもこれまで何回も死にたいと思ったわよ」

母の死因はくも膜下出血ということになっていたから、父が慌てて大叔母を制し、部屋から連れ出した。身内しかいないときだったので、外部には洩れなかったようだが、父はみっともないほど取り乱していた。

それまでわたしは大叔母とほとんど会ったことがなかったので、その身勝手な振る舞いにあきれた。部屋にもどってきたあとも、大叔母は周囲の者が困惑するのもかまわず、延々としゃべり続けた。日本の教育がどうとか、テレビドラマがどうとか、果てはアメリカの大統領の批判など、およそ通夜の席に関係のない話ばかりだったが、話題は豊富で、話し方も巧《たく》みなので、集まった人の中には話に引き込まれた人もいた。そしてしばらくすると、突然、「退屈だわ」と言って席を立ち、ほかの身内が唖然《あぜん》とするのもかまわず帰ってしまった。

翌日の告別式でも、大叔母は葬儀と無関係な話をしまくり、笑い声さえあげて周囲のひんしゅくを買った。

大叔母は見た目も派手で、夫の死後も事業の拡張と相まって、いろいろ男性関係があったようだ。不登校児のフリースクールで、修学の単位を金で売るような違法行為も、「親は喜んでる」と、半ば公然と行っていた。

さらに父によると、大叔母は夫が亡くなった日も、仕事優先で学習塾を休むことがなかったそうだ。夫の安明は肝臓がんだったので、あらかじめ死期が予測できたらしい。ほかにも事業の発展のためには、従業員のリストラも躊躇なく行い、利権が絡む相手には容赦のない攻撃をしかけたりしたそうだ。それが事実ならサイコパスの特徴に合致する。

真也のサイコパスの資質は、もしかして、この大叔母から伝わったものだろうか。

いや、根拠のない思い込みは慎《つつし》むべきだ。サイコパスについては、遺伝性の有無など証明されていないのだから。


それでもわたしは、一度、大叔母に会って、真也の事件をどう受け止めているのか、聞いてみたいと思った。

電話で用件を話すと、大叔母は「喜んで」と会うことを承諾してくれた。どうせなら食事でもしながらと、大叔母が予約してくれたのは、六本木ヒルズにある有名な高級フレンチの店だった。

約束の時間前に行くと、大叔母はすでに席に着いていて、わたしの姿を認めるや、優雅に指を立てて合図をした。

黒を基調とした店内は、座面の高い椅子《いす》に鮮やかな赤を配した強烈なインテリアで、長いカウンターの向こうには広いオープンキッチンがあった。その個性的な雰囲気に合わせるように、大叔母は黒と白のツートンのブラウスに、黒バラのコサージュをつけていた。シルバーグレイの豊かな髪はウィッグだろう。とても八十七歳とは思えない派手な雰囲気で、落ちくぼんだ大きな目と尖った鼻は日本人離れして、真っ赤な口紅もまた同様だった。

「お母さんの葬式以来ね。何年ぶりかしら」

大叔母は片肘《かたひじ》ついた姿勢で微笑み、気怠《けだる》そうに言った。

「八年です。その節はお世話になりました」

わたしが頭を下げると、大叔母は、心にもないことをというように鼻で嗤った。

大叔母がシャンパンを二人分頼み、乾杯したあと、わたしは改めて礼を言った。

「お忙しいところ、ありがとうございます。次兄の真也があんな事件を起こしてしまい、大叔母さんにもご迷惑をおかけしているのではと、申し訳なく思っています」

「あんたが謝ることじゃないでしょ。それより寛之はどう。大腸がんだって聞いたけど」

わたしは父のことを聞かれて戸惑った。まさか、大叔母が甥の病気を気にかけているとは思っていなかった。

「今は県立がんセンターの緩和ケア病棟にいます。ステージⅣなので、治療はちょっとむずかしいみたいですけど」

「そう、もうだめなのね。でも、ホスピスなら苦しまずに逝けるわね」

ドライな口ぶりに、反応のしようがなかった。その気持ちを見透かすように、大叔母は苦笑しながら弁解した。

「もうだめなんて言っちゃいけないわね。あんたのお父さんだものね。でも、あたしは自分のことにしか興味ないの。夫が死んだときも、悲しみより自由になった気持ちのほうが強かったわ。小心で、事業の拡大に消極的な人だったからね。あたしは受験産業はぜったい伸びると確信していたから、多角経営をしたかったのよ」

「それが大叔母さんが開いた医進プロ塾ですか」

「子どもを医学部に入れようとしてる親は、たいてい裕福で金払いもいいからね。ブロイラーみたいにして勉強させて、寄付金を積めば、どこかの三流私大の医学部にもぐり込ませられる。そんなことをして入った連中は、ロクな医者にならないでしょうけどね。ハッハッハ」

母の葬式のときと同じあたりかまわぬ笑い声だった。

前菜にキャビアとオマール海老《えび》のジュレが運ばれてきたあと、黒に赤い縁取りのコックコートをまとったシェフが挨拶《あいさつ》に来た。

「宮城野さま。いつもありがとうございます。本日のムニュ・デクヴェルトはロブションのスペシャリテをお楽しみいただくコースでございます」

若いシェフがコースのあらましを説明してくれたが、わたしにはほとんど理解できなかった。しかし、料理を楽しみに来たのではない。シェフが去ったあと、わたしは大叔母に率直に訊ねた。

「わたし、真也の事件の裁判をずっと傍聴しているんです。拘置所にも面会に行きました。でも、真也の気持ちがどうしてもわからないんです。なぜあんなことをしたのか。大叔母さんはどう思われますか」

「真也が自殺志願者を殺した理由？　それはあたしにもわからない。死にたい人なんか、放っておけばいいのに。相手の希望通り死なせてやっても、自分の人生がダメになるだけでしょう」

「そうなんですが、真也は三人も殺めてるんです。ＳＮＳで自殺志願者を募って、わざわざ何回もその人に会って——」

「じゃあ、真也にとって何かいいことがあったのかもね。でなきゃ、わざわざ殺しゃしないわ」

「いいことって？」

「それは真也に聞かないとわからない」

大叔母は話をしながら、せわしなくフォークやスプーンを使った。食べるのと考えるのを同時にやってのける感じだ。

わたしも料理に手をつけたが、味はほとんどわからなかった。

「真也は相手が死にたがっていたから、死なせてあげたと言ってるんです。そんなのおかしいでしょう。自殺しようとしている人がいたら、止めるのが当たり前じゃないですか」

「あたしはそうは思わないけど」

前菜に続いて、いくつか小さな皿が運ばれてきたが、わたしには大叔母の言い分のほうが気になった。

「大叔母さんは、自殺したい人は自殺させてもいいと思ってるんですか」

「さっきも言ったけど、あたしは自分のことにしか興味がないの。だから、他人が自殺しようがしまいが、どっちでもいいのよ。それに、自殺したがる人にもいろいろのがいるでしょう。そんなのにいちいちかまっちゃいられない」

いかにも冷たい言い方だが、それは食事の席なのに、わたしがしつこく自殺の話をしたせいかもしれなかった。

コースはいつの間にか魚料理まで進んでいた。平スズキのムニエルで、バターの香りが濃厚に立ち上る。大叔母はソムリエの勧める白ワインを急ピッチで空け、すでに三杯目にかかっていた。

「どのお料理も素晴らしいですね。ソースはセロリの香りがしますね」

「ソースじゃなくてクーリ。さっきシェフが説明してたでしょ。薫子は今、どんな仕事をしているの」

自殺のことから離れて、わたしは自分の仕事や生活のことを話した。大叔母は別段、興味もなさそうにうなずきながら食事を続けた。

「大叔母さんがうちに遊びにいらっしゃったときのこと、わたしよく覚えていますよ。まだ小学生になったばかりでしたけど」

「そうね。あのころはアンティークの店がなかなか軌道に乗らなくて、寛之の銀行に融資を頼んでたのよ。聡子さんもまだ元気だったわね」

大叔母はムニエルを平らげ、ちぎったパンでクーリを拭って口に放り込んだ。食欲の旺盛《おうせい》なことには驚かされる。

わたしも魚を食べ終え、改めて訊ねた。

「大叔母さんは真也のことを覚えてますか。どんな印象でした」

「真也ね。あの子はちょっと変わっていたわね。なんだかボーッとしていて、でも何かあると、急にスイッチが入ったみたいになって、身体の動きもちょっと変だった。だからおもしろい子だなと思ってた」

「一也はどうでした」

「一也はつまらない優等生って感じだったわね。こましゃくれていて、コンプレックスが強いって感じで、ついいたぶってやりたくなるような子だった」

大叔母は二人の本質を見抜いているようだった。わたしは感心して、自分の思いをぶつけた。

「わたしは真也に更生してもらいたいんです。たいへんな罪を犯したけど、反省して、罪を償って、もう一度、人生をやり直してほしいんです」

大叔母が「ククッ」とこもった笑いを洩らした。

「わたしの言ってることは変ですか」

「変じゃないけど、真也の更生はどうかしらね。むずかしいんじゃない」

「どうしてです」

「あの子はもともと今の社会に適応していなかったみたいだからね」

肉料理が運ばれてきた。ジビエの何かのようだったが、説明はわたしの耳には入らなかった。大叔母はソムリエを呼び、グラスの赤ワインを注文した。ワインが来るのを待たずに、肉料理にナイフを入れる。わたしが黙って見つめていると、大叔母は肉片をフォークに刺したま ま、わたしを見返して言った。

「真也は生きるのがつらいのよ」

わたしはナイフとフォークの手を止めて、大叔母を見た。無言の問いに答えるように、大叔母が言った。

「あの子は社会の基盤からはずれてるからね。生まれつきふつうじゃない。だからあんな事件を起こしたんでしょう」

バターでぬめる唇を開いて、半生の肉片を放り込む。咀嚼《そしゃく》に時間をかけ、供された赤ワインで流し込む。

わたしはそれを見届けてから、低く訊ねた。

「ふつうじゃないって、サイコパスとかですか」

「かもね」

「でも、大叔母さんもふつうじゃないですよね」

「あたしもサイコパスだって言いたいのかい」

「いえ――、そんな」

「ごまかさなくてもいい。あんたの顔にそう書いてある。料理、食べないと冷めるよ」

大叔母に促されて、わたしは弾力のある肉にナイフを入れた。口に入れると、野性味のある肉汁が広がった。

「サイコパスと言っても、必ずしも反社会的な存在ではないようね。テレビでやってたわ。成功者にもサイコパスは多いらしい。スティーブ・ジョブズとか、マザー・テレサもその可能性が高いとか言ってた。だったら、あたしもそう思われても光栄なことだわ。フフッ」

わたしは白島先生のことを思い出して言った。

「この前、真也が通っていた心療内科の先生に聞いてみたんです。そうしたら、真也はサイコパスらしいって言うんです。だけど、凶悪なタイプではなくて、善良なサイコパスだって」

「何、それ」

大叔母があきれるように顔をしかめたので、わたしは白島先生の説明を話した。

大叔母は黙って聞いていたが、「大叔母さんがもしサイコパスだとしても、きっと善良なタイプですね」と言うと、食事の手を止め、声に怒気をにじませて言った。

「あたしはあたしよ。あれこれ理屈をこねまわすのは自由だけどね、勝手に人を分類しないで」

「すみません」

謝ったが、大叔母は気が収まらないようだった。

「心療内科の医者か何だか知らないけど、専門家でも、勝手にラベルを作って人に貼りつけるのはやめてほしいわ。発達障害だの、パーソナリティ障害だのとか言ってるけど、人間はもっと複雑で、状況によっても、気分によっても、年齢によってもいろいろ変わる。なのに、ラベルを貼った瞬間から、人はそういう目でしか見なくなるのよ」

わたしは反論せずに、「そうですね」とだけ応じた。

デザートにはクレームブリュレとフランボワーズのソルベが出たが、大叔母の不機嫌のせいで、のどを通りにくかった。

最後にコーヒーを頼むと、大叔母は気まずいまま食事を終わるのを避けるためか、口調を和らげて言った。

「薫子が真也のことを心配しているのはよくわかった。真也がどうしてあんな事件を起こしたのかは、あたしにもわからない。じっと見守ってあげるしかないんじゃないかい」

見守っていていい結果になるのだろうか。今の状況では、真也は自暴自棄のまま、自分の命さえ投げ出しかねない。

わたしはつい焦って、もう一度、大叔母に訴えた。

「でも、わたしはなんとか真也にこちら側にもどってきてほしいんです。まっとうな心を取りもどしてほしいんです」

大叔母は大きなため息を洩らして、首を横に振った。

「薫子。あんたは真也も自分と同じ人間だと思ってるんだろ。それが大きなまちがいだよ」

「だって、兄妹ですよ。同じじゃないってどういうことですか」

「兄妹だって別人格よ。世の中にはいろんな人間がいるんだ。それがわからないのは、あんたの想像力が足りないだけ」

最後は突き放すような強い言い方だった。大叔母が何を言いたかったのか、わたしにはこのときは理解することができなかった。


大叔母に会ったあと、わたしは神奈川県立がんセンターに入院している父の見舞いに行った。見舞いには、時間を作ってできるだけ行くようにしている。県立がんセンターに入院したのは、ブランド志向の強い父が、緩和ケアでも一流のところがいいと希望したからだ。

個室のスライド扉を開けると、これが末期がん患者のにおいなのかと思える独特の甘酸っぱいにおいが鼻を衝いた。

「来たよ。今日は気分、どう」

「ああ、変わりない」

父は電動ベッドのスイッチを押して、上体を半分ほど起こした。元気だったときとは見ちがえるように変わり果てた父。おいしいものばかり食べてふくよかだった頬は、削《そ》いだようにこけ、皮膚も薄くなって、脂気が抜けてしまっている。白髪も増え、声もかすれ、一気に老人になってしまったようだ。

「あんまりベッドを起こすと、お腹《なか》がつらいんじゃない」

わたしが気遣うと、父は薄い布団《ふとん》をめくり、パジャマの上から腹水で膨れた腹部をさすった。

「腹水が溜《た》まると苦しいから、針で抜いてもらうんだが、抜いてもすぐまた溜まる。抜かないと苦しいが、抜くとタンパク質も流れ出て、栄養不足になるらしい。ジレンマだ」

ベッドの横に同じ様式の日記帳が五冊、積んである。

「日記を読んでるの」

「ああ。いろいろ思い出すよ」

父は本部の課長になったときから、五年連用日記をつけはじめて、今、五冊目の最終年になっているらしい。二十五年分の日々が、その日記に記録されている。

「真也の裁判はどうだ」

「前と変わってない」

「真也は元気にしてるのか」

わたしは公判で見た真也のようすを伝えた。

「少しやせたようだけど、元気にしてるわ。スキンヘッドにしているから、お坊さんみたいに見えるけど、それが反省とか後悔の証《あかし》だったらいいのに、ちがうみたい」

「悪いことをしたと思ってないのか。仕方のないヤツだ」

父は弱々しく言い、眉間に皺を寄せた。

長く話すのは無理そうだったので、早めに本題に入った。

「わたし、宮城野の大叔母さんに会ったよ」

「桂子叔母さんに？　なんでまた」

「真兄のことを聞きたかったから。大叔母さんてちょっと変わってるでしょう。だから、真兄の考えてることもわかるんじゃないかと思って。大叔母さんは、真兄は生まれつきふつうじゃなくて、社会の基盤からはずれてるって言ってた。だから生きるのがつらいんだって。お父さんもそう思う？」

「さあな」

「真兄って、お父さんにとって、どんな息子だった」

少し改まった聞き方をすると、父は目線を揺らし、ゆっくりと深い息を吸った。

「真也は一也とちがって、扱いにくい子だったな。引きこもりもあったし、わがままというのじゃないが、マイペースというのか、親の言うことを聞かない子だった。叱ってもこたえないというのか——」

わたしは真也が父の熱帯魚を全滅させたときのことを思い出した。しかし、父が思い浮かべたのは、別のことだった。

「真也が小学校二年生くらいのときだったが、居間でテレビをつけっぱなしにして、自分の部屋に行ったんだ。部屋に行くときは消していけと注意したら、すぐあとでまたつけっぱなしのまま部屋に行こうとした。その前にも俺を無視するようなことがあったから、ついカッとなってビンタをくらわした。そしたら、真也は泣くでも怒るでもなく、軽蔑するような目で俺を見たんだ。まだ七歳かそこらなのに、大人びた表情で、この人、おかしいんじゃないかみたいに俺を見てた。気味が悪かったよ」

父がビンタをしたというのははじめて聞いた。父は暴力には無縁のようだったから、意外だった。

「ビンタをしたのはそのときだけ？」

「ああ」

「一兄にはしなかったの？」

「一也に手を上げたことはない。あいつは努力家だし、優秀だったからな」

「でも、一兄はよく真兄をいじめてたよ。真兄が変わった性格で、引きこもりになったりしたのも、一兄に責任の一端があるように思うんだけど」

「そうなのか」

父はいっしょに暮らしていながら、一也と真也の関係を十分に把握していなかったようだ。大叔母のほうが、よほど本質を見抜いている。

わたしが黙っていると、父はかすれた声で弁解するように言った。

「俺はどういうわけか、むかしから子どもへの接し方がよくわからなかったんだ。他人の子どもだけでなく、自分の子にもそうだった」

そう言えば、父が兄たちとサッカーや野球の真似事《まねごと》をしているところは見たことがない。わたしも小さいころ、父に抱っこしてもらった記憶がなかった。それは父が忙しいからだと思っていたが、父はどう手を出せばいいのかわからなかったのかもしれない。

「母さんは早く子どもをほしがったが、なかなかできなくて、それなのに一也に続くように真也が生まれたとき、俺は戸惑った。父親として、まだ十分に経験を積んでいないのに、二人も子どもができたからな。薫子のときも、予定していなかったから驚いた。俺は赤ん坊を抱くのも下手だったし、泣かれたらどうしていいのかわからない。子どもの相手が不得手だったんだ。それで仕事を理由にして、親の役目から逃げてしまった」

思いがけない告白だった。父は残された時間が少ないことを悟り、過去を悔いる気持ちになったのか。

父が両手を投げ出したまま、か細い声で続けた。

「今さら言っても遅いが、母さんにも悪いことをした。俺は親の役割を放棄した分、仕事で出世しようと思っていた。職場にも家庭を大事にしているヤツはいたが、そういうヤツは出世しない。頭取や役員はみんな家庭など顧みず、仕事一筋に打ち込んできた人間ばかりだ。そんな連中が、家庭を大事にしている者を取り立ててみろ。自分たちの敗北を認めることになるだろ。だから、仕事一筋の者しか上にあげない。それがわかっていたから、俺は仕事に打ち込んだ。出世して、功成り名遂《と》げたら、精いっぱい家族に尽くすつもりでいた。だけど、俺は口下手だし、照れもあって、口には出さなかった。口先だけで実行しない連中が、俺はいちばん嫌いだったからな」

父の呼吸が乱れてきた。声も途切れがちになった。それでも父は口を閉じようとしなかった。

「だから、母さんが死んだときは、ショックだった。取り返しがつかないとは、このことだ。何も言えなかった。言えば、弁解になるからな。母さんが死んだあとも、俺は必死に頑張った。ここであきらめたら、何のために努力してきたのかわからない。おかげで執行役員にまで到達した。だけどな、こうして今、末期がんで、死にかけると、すべてが空《むな》しいとわかる。俺は、自分の都合で、自分のことしか考えなかった。母さんのことも、おまえたちのことも顧みず、ほんとうに浅はかだった。今さら謝っても、遅いが、父さんを許してくれ」

それまで「俺」と言っていたのが、最後だけ「父さん」と言ったのは、父親としての思いからか。父がそんな気になったのは、いよいよ最期が近いのかもしれない。わたしは不安になって、父を見つめた。

「お父さんが家族のために一生懸命働いて、わたしたちに何不自由ない生活をさせてくれたことに、感謝してるよ」

そう言って、父のやせて皮膚の薄くなった手に、自分の手の平を重ねた。父は薄く微笑み、ゆっくりと目を閉じた。

そのあとで、途切れ途切れに弱々しく言った。

「ありがとう。薫子は優しいな。真也のことも、心配して、ほんとうに偉い。でもな、怒らないで聞いてくれ。おまえが家族のことを思うのは、そう思いたいからじゃないか。それが、おまえの希望だろう。俺が、出世したいと思った気持ちと、同じじゃないのか」

何を言いたいのか。父の手の甲に重ねた手が強張った。わたしが真也のことを心配するのも、自分の都合だと言うのか。わたしは純粋に真也のことを思って、なんとか更生してほしいと思っているのに、父はなぜそんなことを言うのか。

湧き上がる怒りと疑問を、必死に抑えていると、父は最後の力を振り絞るように、不可解な言葉を押し出した。

「一也のことも、許してやってくれ。おまえには、わからないこともあるから」


検察官は真也の行為を殺人だと決めつけていたが、その主張の最大の弱点は殺害の動機だった。

殺人罪を成立させるためには、単に人を殺しただけでなく、殺意を持って殺害したことを証明しなければならない。さらに死刑を求刑するためには、殺害の動機が世間的に見て、許しがたいものであることが望ましいはずだ。その意味で、千野翔子さんに加えたとされる性的暴行は、検察官には好ましいものだったろう。だが、それでは不十分だと検察側は判断したようだ。

第三回公判で殺害の理由を聞かれ、真也は「三人が自殺を望んでいたから、死なせてあげたんです」と答えた。これでは明らかな殺意というより、むしろ佐原弁護士が主張する慈悲による承諾殺人と判断される可能性が高い。

三月二十五日に開かれた第八回公判の被告人質問で、検察官は証言台の真也の横に出てきて、外堀を埋めるように、ふたたび多くの人が記憶しているであろう別の事件を持ち出した。

「二〇一九年十一月に、京都府のK市で発生した医師によるALS患者の嘱託殺人をご存じですね。この事件について、どう思いますか」

「どうというのは？」

「自殺志願者を死なせたという意味では、あなたの場合と相通じるものがあるのではありませんか」

この事件は、難病のＡＬＳ（筋萎縮性側索硬化症《きんいしゅくせいそくさくこうかしょう》。全身の筋肉が徐々に萎縮して、まったく動かなくなる）の患者である五十一歳の女性が、主治医ではない医師二人とＳＮＳで連絡を取り合い、秘密裡《ひみつり》に安楽死を遂げたものだ。全国で大々的に報じられたので、もちろんわたしも覚えている。

当初、わたしはＳＮＳのやり取りだけで患者を死なせた医師に、強い反感を抱いていた。いくら難病だからと言っても、医師が患者を死なせていいはずがない。しかし、真也の事件が起こってからは、亡くなった女性の気持ちを考え、どう判断していいのかわからなくなっていた。

真也は検察官の問いに戸惑いながらも、肯定的に答えた。

「医師のやり方が正しかったのかどうかはわかりませんが、女性を死なせた行為は理解できます」

「しかし、被害者の女性の父親は、加害者である二人の医師を『くそったれ』と非難していますよ。その気持ちは理解できませんか」

「父親は悲しみを怒りに変えて、医師にぶつけているのでしょう。もしも亡くなった患者さんに死後の意識があったら、お父さん、そんなふうに言わないでと、思うのではないでしょうか。医師は苦しみから解放してくれたのですから」

傍聴席にざわめきが起こった。悲しむ父親に対して、あまりに冷たい言い草だ。

「つまり、この医師二人はよいことをしたのだと？」

「そうです」

「よいことをしたときには、いい気分になるでしょうね。あなたは二人の医師の気持ちがわかりますか」

「わかりません」

検察官は質問の意図を曖昧にしたまま、別の事件に言及した。

「二〇〇五年に、大阪府のS市で発覚したいわゆる〝自殺サイト殺人事件〟は、知っていますか」

「いいえ」

「ネットの自殺サイトで、『いっしょに死にませんか』と呼びかけ、三人の自殺志願者を殺害した事件です。犯人は三十六歳の男性で、被害者は男性二人、女性一人。内、男性の一人は十代で、あなたの事件と同じです。犯人は人が苦しむところを見ると興奮するという特異な性癖を有しており、殺害時に被害者の口を塞《ふさ》いで窒息させては蘇生《そせい》させ、ふたたび窒息させるという行為を繰り返しました。また、そのようすを録音したり、電子手帳に実行記録を残したりしています。この事件についてあなたはどう思いますか」

真也は検察官がなぜこのようなことを聞くのかわからないというようすで、「別に何も思いません」と答えた。

「自殺志願者をネットで募って殺害したという構図は、あなたの事件と共通するところがありますね」

「でも、僕は『いっしょに死にませんか』というようなメッセージは出していません。自殺を手伝うと伝えたのです」

「この事件の犯人は、いっしょに死のうと言うことで、自殺の実行を申し出ているのです。自殺志願者からすれば、いっしょに死んでくれると思ったほうが安心感があるのではないですか」

「でも、嘘はよくありません」

「窒息させかけては蘇生させたやり方は、あなたが星野瑠偉さんにしたのと似ていますね」

「わかりません」

検察官はそこで不意打ちをするように、いきなり訊ねた。

「あなたもこの事件の犯人のように、被害者を殺害するとき、興奮したのではありませんか」

「興奮なんかしていません」

真也は決然と否定した。検察官は嵩《かさ》にかかって追及した。

「しかし、あなたは以前、千野翔子さんに性的暴行を加えて殺害したあと、うまくいってよかったと供述している。さらには心地よい状況だったとも。それは取りも直さず、ある種の興奮ではないのですか」

たしかにそのように証言したが、それは検察官の言い分とはまったくちがう意味のはずだ。

真也も言下に否定した。

「変な意味の興奮などではなく、単にうまくやり終えたことに安堵《あんど》しただけです」

「そうでしょうか。あなたは星野瑠偉さんを殺害したときも、薬を調節して、わざと意識を失わせず、瑠偉さんが苦しみながら死ぬようすを観察していた。通常なら、人が死ぬ場面は恐ろしくて正視できないものですよ。いくら本人が死を知りたいといったからとはいえ、あなたは瑠偉さんが生から死へ移行する場面をじっと見ていた。さらには絶命したあと、『神々しいような無表情』になったとさえ供述した。その当時のことをよく思い出してみてください。あなたは無意識のうちにも興奮し、快感を覚えていたのではありませんか」

真也は検察官を見返していたが、やがてその視線を裁判官と裁判員に向け、ゆっくり手元に落とした。

「どうなんですか」

「自分ではそんなつもりはありませんが、無意識のうちにと言われれば、何とも言えません」

どうしてそんなことを認めるのか。明らかな誘導じゃないか。佐原弁護士はなぜ異議を申し立てない。もどかしい思いでいっぱいだったが、検察官は真也に証言を変える隙《すき》を与えず、別の質問を投げかけた。

「あなたは被害者に自殺を思いとどまるように説得したと話していましたが、自殺に理解を示すようなことは言いませんでしたか。たとえば、死ねばいっさいの苦しみは消えるとか」

「言ったかもしれません。でも、それは事実でしょう」

「一面の事実ではありますが、そう言われると、自殺志願者はいっそう自殺に惹かれることにはなりませんか」

真也は答えない。

「あなたは被害者に思いとどまるよう説得したと言いながら、実は彼らを自殺に誘導したのではありませんか」

「そんなつもりはありません」

検察官は口をつぐみ、じっと真也を見つめた。まるで、ほんとうのことを言えと迫るような間合いだ。それでも真也が黙っていると、次にこう訊ねた。

「あなたは自殺志願者を殺害することを、人助けのよい行いだと思っていたのではないですか」

「そうです」

「逮捕されなければ、さらに同じことを続けるつもりでしたか」

「助けを求める人がいれば、続けたと思います」

「つまり、ＳＮＳで自殺志願者を募って、殺害を繰り返す。あなたはそこに無意識のうちに興奮を覚えていた。その感覚を味わいたくて、これは人助けなんだと自分に言い聞かせて、犯行を繰り返すつもりだったということですね」

ひどい言いがかりだ。検察官は真也の殺害動機を自分の興奮のためだったと、裁判官や裁判員に印象づけようとしている。わたしは救いを求めるように弁護人席を見たが、佐原弁護士は顔をしかめるばかりで、異議の申し立てはしなかった。

真也が答えずにいると、検察官はいやらしい余裕の笑みを浮かべて聞いた。

「どんな理由であれ、人を殺害することは許されない。これが世間の常識です。あなたはそうは思わないのですね」

「死ぬ以外に苦しみから逃れられない人は、死なせてあげるのが親切だと思います」

「あなたの答えには、毎回、驚かざるを得ません。死ぬ以外に苦しみから逃れられないと、どうやったら決めつけられるのですか。状況を変えられなくても、考え方を変えるとか、視野を広げるとかで、苦痛を緩和することも可能でしょう」

「緩和できるのなら、死ななくてもいいです。それができないから、自殺するのでしょう」

「その場合は、殺してあげてもいいのだと？」

「そうです」

「あなたは三人を殺害したあと、苦痛を感じましたか」

「いいえ」

「遺体を井戸に遺棄するために殺害した三人に触れるとき、あなたは嫌悪や忌避の感情を抱きましたか」

「いいえ」

「その感覚が、世間一般のふつうの人にはあり得ないものだということを、理解していますか」

「ほかの人の感覚は知りません」

「あなたは精神病質や、反社会性人格障害を知っていますか」

「詳しくは知りません」

「自分がそれに該当する、あるいはその傾向があると思ったことはありませんか」

「異議」と、ここで佐原弁護士は声をあげた。しかし、裁判官が応じる前に、真也が答えた。

「ありません」

「詳しく知らないのなら、ないとは言い切れないのでは？」

「異議」と、ふたたび佐原弁護士が訴えた。

精神病質とはサイコパスのことだ。検察官の質問は、明らかに裁判員たちに真也が異常な人格であると印象づけるためのものだった。

真也が戸惑いを見せると、裁判官は「検察官は質問を変えてください」と指示した。これに対し、検察官は勝ち誇ったような笑みを浮かべ、「質問を終わります」と、自席にもどった。


翌日の新聞には、裁判の報道として、真也が三人の殺害に苦痛を感じなかったとか、遺体の遺棄も平気だったとか、いかにも真也が異常な感覚の持ち主であるかのように書かれた。さらには、『殺害時に無意識に興奮』とか、『逮捕されなければ、犯行を続けるつもりだったと証言』などと、検察官の思惑に沿った内容ばかりが報じられた。

被害者を自殺に誘導したのではという質問には、真也はノーと答えたように書いてあったが、ことさら記事に採り上げることで、読者は真也が誘導したのではという印象を持ったにちがいない。なぜなら、どの被告も自分に都合の悪いことにイエスと答えるはずはないのだから。

週刊誌にはもっとひどい記事が書かれたようだが、わたしは読む気にもなれなかった。広告の見出しには、『〝希死天使〟は快楽殺人者!?』とか、『苦しむところを見て興奮か』など、事実とまったく異なる文字が躍っていた。

白島先生は、真也を〝善良なサイコパス〟だと言った。善良な者が、自分の興奮や快楽のために人を殺めたりするだろうか。

わたしはその真意を問うため、ふたたび白島先生を訪ねた。

裁判での検察官の主張を伝えると、先生は半ば軽蔑、半ば悲観の面持ちで言った。

「それは検察官のあざとい法廷戦略だわね。サイコパスのことをよく知りもしないで、紋切り型の理解で審理を有利に運ぼうとしているだけよ」

「紋切り型というのは？」

「検察官はサイコパスと言えば、裁判員が有罪判決に傾くと思ったのでしょう。だけど、そんな簡単なものじゃない。サイコパスの概念は実はまだ曖昧で、仮説にすぎないんだから」

「サイコパスは仮説、ですか」

腑《ふ》に落ちない顔をすると、白島先生は思いやりのある笑みを浮かべて説明してくれた。

「たとえば同じ命を奪う行為でも、蚊やハエを殺すことに心理的な抵抗を感じる人は少ないでしょう。じゃあ、犬や猫はどう。多くの人は犬や猫を殺すことには抵抗がある。サイコパスはそれを感じない。でも、生きたままのアサリやハマグリを煮て、みそ汁や吸い物にする人は多い。だけど、それはサイコパスじゃない。海老の踊り食いや、鯛《たい》の活《い》け造《づく》りに眉をひそめる人もいれば、平気な人もいる。医学の研究者は、実験でマウスやウサギや犬を使うとき、必然的に殺すけど、最初から何ともない人もいれば、毎回、葛藤《かっとう》する人もいる。徐々に慣れる人もいる。どこまで耐えられるのか、ハードルの高さは人によってちがう。昆虫や魚介類、動物を殺すことも、人間を殺すことも、実は地続きで、蚊も殺せない人から見れば、平気で生きた魚を料理する人は、サイコパスも同然に感じる。人間を殺すことだけを特別視するのは、恣意的《しいてき》な線引きなのよ」

そうだろうか。納得できない。その反応を見越したように、白島先生は続けた。

「サイコパスは平気で嘘をつき、違法行為に対するハードルも低いと言われる。でも、あなただって平気で嘘をつくでしょう。行きたくない集まりに誘われたとき、予定があると言ったり、遅刻したときに嘘の理由を言ったり、まだ手をつけていない仕事を催促されたら、今やってますと答えたり、話を合わすためにつまらない映画をおもしろいと言ったり、まずい料理をおいしいとほめたり、それって全部、嘘でしょう。違法行為だって、車が来なければ赤信号を渡るとか、車のスピード違反、駐車違反、タバコのポイ捨て、未成年の飲酒や喫煙、他人の土地に足を踏み入れたりとかも、違法行為と言えば言える」

「でも、それって実生活で問題になるようなことではないと思いますが」

「どこまでが問題でどこからが問題でないか、だれが決めるの。それこそ恣意的な線引きでしょう。サイコパスの特徴である他人への共感のなさだって、あなたもあまりに些細なことやくだらないことを気にしている人に、どうしてそんなことをと共感できないことはない？　良心の欠如だって、冷酷さや無責任だって、機嫌の悪いときや疲れているときには、だれでも思い当たるはず。多くの人は、自分を〝善良な健常者〟だと思っているけど、状況によってはだれもがいつでも〝邪悪な健常者〟になり得る」

そうかもしれない。大叔母の宮城野桂子は、人間は複雑で、状況や気分や年齢によっても変わると言っていた。

「要するに、サイコパスと健常者は、グラデーションでつながっているということ。正常か異常かは、数で分けているにすぎない。多数派が自分たちとちがう感覚の持ち主を〝異常〟と見なしてきただけ。サイコパスも単なるバリエーションにすぎないのよ」

そんなふうに説明されても、わたしには何の助けにもならない。沈黙していると、白島先生は、思い出したように言った。

「真也さんは事件の前、ずっとわたしのクリニックに来ていた。理由は知ってる？」

「いいえ」

「彼は希死念慮の治療に通っていたのよ」

真也は死にたがっていたのか。裁判でも瑠偉くんとのやり取りの中で、死を望むようなことを言っていた。

「理由は何ですか」

「それは彼自身にもわからないみたい。ただ漠然と死にたいと思うと言ってた。死に惹かれる人はたいていそうだから」

「それで先生は、どんな治療をしてくださったんですか。薬物療法ですか」

「希死念慮に薬は効かない。効果があるのは認知行動療法よ。だから、わたしは真也さんに勧めたの。生きるための目標を持ちなさいと」

わたしの不眠症には、認知行動療法が効果があった。真也も不眠症には同じ療法を受けたはずだ。しかし、死にたいと思う気持ちも、認識を変えることで消えるのだろうか。

戸惑っていると、白島先生は診察椅子に深くもたれて首を振った。

「それにしても、検察のやり方はひどいわね。もし何かわたしにできることがあるなら言ってちょうだい。わたしの証言が役に立つのなら、いつでも引き受けるから」

「ありがとうございます」

白島先生の証言が効果的なのかどうかはわからないが、申し出はありがたかった。一人でも味方になってくれる人がいれば嬉しい。専門家ならさらに心強い。

「もし、お力添えが必要なときは、どうぞよろしくお願いします」

「検察はイメージでサイコパスを使ってるみたいだから、要注意よ。あなたも真也さんを支援するなら、可能な方法はすべて使ったほうがいいと思う」

「わかりました」

わたしは励まされる思いと、どことなく落ち着かない気分を胸に、白島先生の診察室を出た。

真也の希死念慮が疑われる発言は、瑠偉くんとのやり取り以外でもあった。

第八回公判の被告人質問で、裁判員の一人がこう訊ねたときのことだ。

「あなたは、被害者から殺害の依頼も承諾もなかったと供述していますが、弁護人は暗黙の合意があったと主張しています。それを否定することは、検察側に有利になることで、場合によっては、あなたが死刑判決を受けることにもつながります。それなのになぜ、わざわざ自分が不利になるような証言をするのですか」

わたしもずっと疑問に思っていたことだ。死刑を回避するための重大な証言を、どうして真也は自ら拒《こば》むのか。

「事実だからです。実際、三人のだれからも、依頼や承諾の言葉は聞いていません」

「言葉はなくても、相手は了解していたのではないですか」

「それは本人に聞かなければわかりません。三人が亡くなっている今となっては、確かめようもないことです」

「確かめられなくても、了解はあったと主張することは可能ですよね。それをせず、自ら不利な証言をするのは、もしかして、あなたが死刑になることを望んでいるからではありませんか」

わたしは緊張した。真也の答えがイエスならどうしよう。更生を望むことも、裁判を支援することも無駄になってしまう。

「別に死刑を望んでいるわけではありません。裁判では、事実を証言すべきだと思っているだけです」

「それがあなたに不利になる場合でもですか」

「はい」

真也はやはり極端なほどの潔癖さに従っているだけなのだ。安心しかけたとき、驚くべきやり取りが聞こえた。

「死刑になることはいやではないのですか」

「それはもちろん、いやではありません」

傍聴席に衝撃が走った。なぜそんなふうに言えるのか。

裁判員も困惑したようだったが、不可解な表情のまま質問を終えた。


これまでにも書いたように、わたしは報道に大きな疑問を抱いていた。週刊誌の悪意に満ちた記事には憤りさえ感じた。ところがその週刊誌が、第八回の公判のあと、思いもかけない事実を公にしてくれた。

見出しは、『〝希死天使〟の魔の手を逃れた女性』。掲載したのはスクープ報道で知られる「週刊潮流《ちょうりゅう》」。署名記事で、書いたのは岸元貴《きしもとき》という記者だった。

内容は、自殺を志願して真也のもとを訪れたが、説得されて自殺を思いとどまった女性の告白である。週刊誌に書かれた仮名をそのまま使うと、その女性・安東沙織《あんどうさおり》さんは現在十九歳。真也を訪ねたのは二年前だった。

沙織さんは中学生のころから執拗《しつよう》ないじめに遭い、高校生になってもその状況は変わらず、高校二年生で不登校から引きこもりになった。過酷ないじめによってPTSDになり、フラッシュバックに苦しめられ、ついには自殺を決意した。自殺の前にいじめた相手への恨みを書き残し、いわば復讐《ふくしゅう》としての自殺を考えたのだ。

自殺を決意したものの、自分で死ぬ勇気がなかったので、沙織さんはツイッターで見つけた〝希死天使〟こと真也に連絡した。真也はほかの被害者同様、沙織さんをアパートに呼び、「なぜ自殺したいのか」「ほんとうに死にたいと思っているのか」などと聞いて、沙織さんの話に深く同情したらしい。彼女が真也のもとを訪ねたのは、計七回。時期的には豊川さんと瑠偉くんに会っていたころに重なっている。

記事の中で沙織さんは、真也が親身になって話を聞いてくれ、いつでも自殺を手伝うと言ってくれたので、ずいぶん気が楽になったと告白していた。自殺は一度決行したら取り返しがつかないから、よく考えてと言われ、何度か帰らされたのだという。

沙織さんは母親や教師にも、「死にたい」と洩らしており、そのたびに「家族の悲しみを考えなさい」「生きていればいいこともある」「死ぬ気になれば何でもできる」などと説得された。その言葉に彼女は、たまらない無責任さと欺瞞《ぎまん》を感じたという。また、「死ぬな」「生きろ」という世間の風潮にも、強圧的なものを感じ、息苦しいと思ったようだ。

しかし、真也の対応はまったくちがった。死ぬことを否定せず、むしろいつでも死ねると感じさせてくれた。具体的な方法も説明してくれ、苦しまずに死ねると説明して、安心させてくれた。あとの処理も、母親には行方不明になったように思わせ、遺体は秘密の場所に安置して、だれにもわからないようにする。これはボランティアでやっていることだから、無料だと聞いて、沙織さんは感謝の気持ちでいっぱいになったという。

沙織さんはいじめの被害者で、そのために命を絶つなどというのは理不尽この上ない。悪いのはいじめた側の人間で、人を死に追いやるようないじめは立派な犯罪だ。それがわかっていたから、真也は沙織さんの自殺に待ったをかけたのだろう。ほかの三人にも同じように接したはずだ。つまり、自殺志願者を安易に死なせたのではないということだ。

「週刊潮流」の記事は、見出しこそ煽情的《せんじょうてき》だが、内容は真也の善良な一面を伝えるものだった。

わたしはすぐに佐原弁護士に記事のことを報せた。佐原弁護士も記事を読んでいて、驚いたと話した。

拘置所に面会に行って、真也に聞くと、沙織さんのことは、もちろん警察でも検察でも話したと言った。

「じゃあ、どうして佐原先生には言わなかったの」

「聞かれなかったからだよ」

せっかく有利な証言をしてくれそうな人物なのにと、焦れったかったが、同時に警察も検察も、沙織さんのことを知りながら、調書にも裁判にも持ち出さなかったのは、狡いと思った。佐原弁護士も同じ考えらしく、裁判所に申し立てて、彼女を証人として出廷させる許可をとってくれた。


四月十五日に開かれた第九回公判は、もともとは検察側の論告求刑の予定だったが、急遽、安東沙織こと、本名・安西詩織《あんざいしおり》さんの証人尋問になった。

詩織さんはショートカットの黒髪で、小柄《こがら》ながら背筋を伸ばして入廷した。被告人席にいる真也に目を留めると、ていねいにお辞儀をした。真也もそれに応えて、軽くうなずいた。

証言台で詩織さんが宣誓を終えると、まず佐原弁護士が質問に立った。

「あなたの現在の職業は何ですか」

「茅ヶ崎市の小学校で、学校給食の調理補助員をしています」

「あなたが村瀬被告と知り合った経緯を教えていただけますか」

「中学校以来、ひどいいじめに遭っていて、高校二年生のときに、耐えきれなくなって自殺しようと決めたんです。それでツイッターで自殺関連の書き込みを見ていたら、偶然、村瀬さんが『自殺を手伝う』みたいな書き込みをしていたのを見つけたので、『お願いしたいです』とメッセージを送りました」

「自殺しようと思うほどのいじめとは、どんなものでしたか。もし、差し支えなければ聞かせていただけますか」

「体操服を男子トイレの便器に捨てられたり、カバンにホワイトマーカーで『死ね』『バイキン』『ゴミ』と書かれたり、図書館の裏に連れて行かれて、土下座をさせられ、靴の裏を舐《な》めさせられたりしました」

つらい記憶だろうに、詩織さんははっきりと答えた。

「村瀬被告はあなたに会ったとき、どのように接しましたか」

「自殺したいと思った理由や、そう思うまでの事情をいろいろ聞いてくれました」

「週刊誌の記事によると、親御さんや先生の対応とはずいぶんちがったとありますが、具体的にはどうちがったのですか」

「いちばんのちがいは、死んでもいいと言ってくれたことです。自殺したいのならいつでもさせてあげるし、別に無理をして生きる必要はないと言ってくれました。それでわたしは逆に救われた気がしました」

「もう少し詳しく説明していただけますか」

「死んだらだめとか、生きなければいけないとか言われたら、よけいにつらいんです。でも、村瀬さんはそうは言わなくて、どうしようもないときは、死ねばいいんだと言ってくれました。いつでも死ねると思うと、今死ななくてもいいかなという気になって」

「あなたは計七回、被告のアパートに行っていますね。死なななくてもいいと思うようになったのは、いつごろからですか」

「はっきり覚えていませんが、とにかく最初のほうは死にたい気持ちでいっぱいでした。それがだんだん曖昧になってきて、いざとなったら死なせてもらえる、そう思うと気持ちが落ち着きました。それで、もう少し生きてみようかと——」

　自殺志願者はそんなふうに考えるのか。いくら自殺を決意しても、やはりほんとうは生きたいのだ。生きろと言われると死にたくなる。死んでもいいと言われると、生きようと思う。逆説的だが、それが人間の心理なのかもしれない。

「生きる気持ちになったあと、あなたはどうしましたか」

「母に村瀬さんのことを話し、本気で自殺しようと思っていたけど、生きることにした、その代わり、高校はやめたいと言いました」

「お母さんは何と」

「高校だけは卒業してほしかったみたいですが、わたしは自分の意志を通しました」

「それで高校を中退したのですね。そのあとは？」

「調理師の専門学校に行きました。もともと料理は好きだったので」

「そこで資格をとって、今の仕事に就かれたのですね。被告が逮捕されたときは、どう思いましたか」

「村瀬さんが三人もの自殺志願者を死なせていたことに、ショックを受けました。でも、いつでも自殺させてあげるという言葉は、ほんとうだったんだなとも思いました」

「被告が逮捕されると、自殺の選択肢がなくなって、あなたが不安定な状況にもどることはありませんでしたか」

「大丈夫です。高校をやめたので、いじめから解放されたし、調理師になるという新しい目標もできていましたから」

やはり自殺は思いとどまるべきなのだ。いっときのつらい時期を乗り越えれば、生きる希望が湧いてくる。わたしは詩織さんの小さな背中に、頼もしい力を感じた。

佐原弁護士は質問の締めくくりにこう聞いた。

「あなたが村瀬被告と会っていたことを、週刊誌に告白しようと思った理由を聞かせてください」

「村瀬さんのことは、ずっと新聞や週刊誌で見ていました。でも、書かれている内容は村瀬さんのひどいことばかりで、ほんとうは親切で優しいのに、嘘みたいなことも書かれているので、村瀬さんが気の毒になったんです。だから――」

わたしは感謝で胸が熱くなり、詩織さんに手を合わせたい気持ちになった。真也の善良さを認めているのは、わたしひとりじゃないんだ。法壇を見ると、裁判官も裁判員たちも、詩織さんの言葉に熱心に耳を傾けていた。

続いて、検察官が反対尋問に立った。

詩織さんの証言が真也に有利に働くことを意識してか、ふだんから居丈高《いたけだか》でエリート然としている検察官は、ことさら冷ややかに詩織さんに向き合った。

「あなたは被告が優しく接してくれたように言いましたが、それは見せかけの優しさだとは感じませんでしたか」

「いいえ。村瀬さんはほんとうに親切でした」

「その親切さは、あなたを自殺に誘導させるためだとは感じませんでしたか」

「そんなこと、感じません」

「しかし、被告はあなたに、いつでも自殺させてあげると言ったのでしょう。そのことで、あなたはいつでも死なせてもらえると思った。つまり、死に誘われたわけではありませんか」

「そんなふうには思いません。わたしは村瀬さんに、いつでも死んでもいいんだよと言われたから、逆に生きる気持ちになったんです。死ぬな、生きろと言われたほうが、死ぬ気になったと思います」

詩織さんの声には決然とした力が込められていた。わたしは内心で快哉《かいさい》を叫んだ。やはり真也の説得は、自殺志願者を生かすことにあったのだ。一人でも自殺を断念した人がいるということは、同じことを続けても、自殺志願者に思いとどまらせることもできるということだ。

わたしは詩織さんの答えに、秘《ひそ》かに胸を張った。検察官はこれ以上聞いても無駄だと感じたのか、無表情に質問を終えた。


閉廷したあと、わたしは一言お礼が言いたくて、出口で詩織さんを待ち受けた。

「村瀬真也の妹の薫子といいます」

出てきた詩織さんに近づいて言うと、驚いたようすながら、「ああ」とわたしの存在を知っていたようにうなずいた。妹がいると真也から聞いていたのだろう。

「今日はほんとうにありがとうございました。あなたの証言で、兄はどれほど救われたかしれません」

「とんでもないです。わたしこそ村瀬さんに救われた人間なので、黙っていられなくて」

感激のあまり、わたしは深々と頭を下げた。このまま別れがたくて、「お茶でも飲みませんか」と誘うと、「はい」と応じてくれた。

横浜地方裁判所の近くには、しゃれたカフェがいくつもある。わたしたちは情報文化センターの二階にあるクラシカルなカフェに入った。わたしはカフェクレーム、詩織さんはアールグレイを注文した。

「兄のしたことは、決して許されることではないと思っています。だけど、兄の悪いことばかりが世間に広まるのがつらくて」

「わかります。わたしも身内が世間からバッシングされるようなことになったら、居たたまれないと思います」

詩織さんは裁判での証言の興奮が続いているのか、しっかりした調子で応えた。十九歳にしてはずいぶん大人びた感じだ。

詩織さんならわかってくれるかもしれないと思い、わたしは率直な気持ちを述べた。

「三人の方を殺めたのは重大な犯罪だけれど、わたしにはどうしても全否定することができないんです。兄の行為にはどこかしら善意の側面もあるのではないかと思ってしまって。だけど、報道では単に凶悪なだけの殺人犯みたいに言われるばかりでしょう。兄はやっぱり卑劣な人間だったのかと不安だったのですが、今日の詩織さんの証言で、兄は本気で自殺を思いとどまらせるような説得もしていたことがわかって、少し心が軽くなりました」

「そう言ってもらえば、わたしも嬉しいです」

詩織さんは紅茶を口に運びながら続けた。

「村瀬さんが自殺志願者を死なせたのには、たしかに善意の側面もあったと思いますよ。西野《にしの》竟《きわむ》という高齢の評論家が、知人の手を借りて自殺した事件があったでしょう。夜中に多摩川《たまがわ》に飛び込んで。村瀬さんはその話をわたしにして、自殺に協力した人は立派だと言ってましたから」

保守派の評論家・西野竟が、関係の深かった二人に手伝ってもらい、覚悟の自殺を遂げた事件は、会社でも話題になった。西野は両手が麻痺して自分で死ぬことができず、自らの信念に殉《じゅん》ずるために知人に助力を求めたのだった。応じた二人はその後逮捕されたが、遺族は「事件に巻き込んでしまい、ほんとうに申し訳ない」と述べるに止め、怒りや恨みのようなことはいっさい口にしなかったと聞いている。周囲の人々も、逮捕された二人を擁護《ようご》こそすれ、非難の声はほとんどあげなかったとのことだ。

「新聞の記事はとにかく一方的すぎますよね。この前も、村瀬さんが被害者が死ぬところを見て、無意識に興奮したとか、死体を運ぶのも平気だったみたいに書いてあって、ぜったいおかしいと思いました。週刊誌もひどいことをいっぱい書いているけれど、週刊誌はおもしろおかしく書くとはじめからわかっているから、ある程度は割り引いて読まれますよね。でも、新聞はみんな事実が書いてあると思って読むでしょう。それなのにあんなひどいことを、さも客観性があるみたいに書いているのがおかしいと思ったんです」

被告人質問を報じた記事のことだろう。それを批判的に読んでくれた詩織さんに感謝したが、同時にわたしは彼女の聡明《そうめい》なことに驚いた。

「新聞をそんなふうに深読みするなんて、すごいですね。そもそもあなたの歳で、新聞を読んでるというだけでも稀少《きしょう》価値だわ」

「それも村瀬さんのおかげですよ。村瀬さんに、表面的な理解ではほんとうのことがわからないと教えられたんです。どうすれば物事を深く考えられるようになりますかと聞いたら、本を読むのがいいと。新聞も何紙か比べながら読むのがいいと言われて、ときどき図書館で読み比べるようにしたんです」

真也はこんな有益なアドバイスもしているのだ。真也を自殺に人を導く悪魔のように見なしている検察官に、詩織さんの言葉を聞かせてやりたい。

「そうやって知識と考え方を深めれば、いじめにも打ち勝つことができるし、高校を卒業しなきゃいけないという思い込みも克服できると言われました。それまでは、母と同じく高校だけは出ないといけないと思っていて、それでいじめから逃れられなくて、自分で自分を追い詰めていたんです。村瀬さんも高校で引きこもって、中退したんでしょう。それでも何も困らないと笑っていました」

真也は自分の体験もあって、詩織さんをうまく励ますことができたのだろう。

「たしかに兄は引きこもりで、高校を途中でやめたけど、それを引け目とは思ってなかった。いじめだって、上の兄にずっといじめられてたから、あなたの気持ちもよくわかったんでしょうね」

何気なく言うと、詩織さんは怪訝《けげん》な顔で、「上の兄？」と聞いた。

「村瀬さんにはお兄さんがいたんですか」

「一歳上に一也という長兄がいるんだけど、真也は言ってなかった？」

「聞いていません。そのお兄さんが村瀬さんをいじめてたんですか」

今度はわたしが怪訝な顔をする番だった。真也は詩織さんに一也のことを話さなかったのか。まさか、身内の恥だと思ったのか。あるいは、一也を悪く言いたくなかったのか。そんなはずはない。

だとしたら、なぜ隠したのか——。


詩織さんの裁判での証言は、わたしに勇気を与えてくれた。だから、わたしもメディアの取材を受けてみようと思った。もちろんリスクはある。しかし、せっかく詩織さんという新たな存在が登場したのだから、その火を消したくなかった。白島先生も可能な方法はすべて使ったほうがいいと言っていた。

　真也が逮捕された当初、わたしのところにもメディアは押し寄せた。新聞、週刊誌、テレビにフリージャーナリスト。いずれも断った。メディアは信用できなかったし、それが正しかったことは、その後の報道内容を見れば明らかだった。

　しかし、詩織さんの記事はちがった。取材した岸という記者の印象を聞くと、まじめで熱心そうな人だったとのことだ。それでわたしは、「週刊潮流」の岸元貴記者を名指しで、取材してもらいたいと頼んだのだ。

　岸記者はすぐに了解してくれた。取材は「週刊潮流」の版元である文経《ぶんけい》出版でしてもらうことにした。わたしの家か職場に行くとも言われたが、こちらから出向くほうが気が楽だった。

　文経出版は歴史のある大きな会社で、わたしの勤めている出版社よりはるかに有名だ。受付で名乗ると、横手の「文経倶楽部《クラブ》」で待つように言われた。広いスペースに、間隔をあけてテーブルが配置されている。昭和初期の創立時から、名だたる作家やジャーナリストがここで打ち合わせをしたのだろう。

　窓際の席で待っていると、ラフなジャケット姿の男性が、ノートを片手に足早に近づいてきた。

「お待たせしました。岸です」

　岸は三十代後半の気さくな感じの記者で、わたしが立ち上がりかけると、「どうぞ、そのまま」と自分も椅子を引いた。名刺を差し出されたので、「今は校閲部に移っていますが」と断ってから、以前の名刺を渡した。すると岸は、「ご同業ですね」と笑った。わたしの勤務先ぐらいは前もって調べていたのだろう。

「御社はいい本をたくさん出しておられますよね」

栄創堂書店は大手ではないが、いい本を出しているという自負はある。大ベストセラーはないけれど、『安楽死が合法の国オランダ』のようなロングセラーは何点かある。それは世の中に必要とされる本を出しているからだと、先輩編集者に教えられた。

「取材を受けてくださる気になったのは、私が書いた安西詩織さんの記事がきっかけとうかがいましたが」

「そうです。これまでのメディアは自分たちに都合のいい側面だけを取り上げて、兄の犯罪の卑劣さを強調するようなものばかり報じてきました。でも、岸さんの記事は、兄の善良な部分も公平に書かれていたので、わたしの言い分もわかってもらえるのではないかと思ったのです」

「村瀬さんの言い分というのは？」

真也が決して悪辣な人間ではなく、少し変わったところもあるけれど、思いやりもあり、何より知的で優しい人間であることを、わたしは懸命に訴えた。子どものころのエピソード、わたしをかわいがってくれたこと、高校二年生で不登校になったのも、早熟ゆえに学校教育に意味を見出せなかったからで、引きこもったあとは哲学書や古典などむずかしい本を読んでいたと話した。つい口が滑《すべ》り、真也の行為にはサイコパス的な側面があっても、善意もあるはずで、決して卑劣な動機はなかったと言った。

岸はICレコーダーで録音しながら、熱心にわたしの話を聞いてくれた。ときおりノートにメモを取り、わたしの発言が有意義であることを感じさせてくれた。

ひとしきり話し終えると、岸はノートから顔を上げ、椅子の背もたれに身を預けた。

「おっしゃりたいことはだいたいわかりました。でも、まだほかにもありませんか」

「ほかにも、というと」

首を傾《かし》げると、岸は身を起こし、上目遣いにわたしの顔をのぞき込んだ。

「長兄の一也さんとの関係もいろいろあったんじゃないですか」

一也とのことは敢《あ》えて触れずにいた。取材を受けることは一也には話していないし、真也も詩織さんに話していなかったのだから、わたしも言うべきではないと思ったのだ。

「長兄の何をお聞きになりたいんですか」

「たしか、一也さんと真也さんは年子だけれど同じ学年だったんですよね。それで小学生のころから、ある種の緊張関係にあったのではありませんか」

どこでそんな情報を仕入れたのか。いや、週刊誌の記者ならそれくらい知っていて当然なのか。言葉を失っていると、岸はふたたび身を引き、持っていたボールペンをポンとノートの上に投げた。

「私たちは真也さんたちの元同級生にも取材してるんです。まだ取材の途中ですから記事にはしていませんが」

「どんなふうに聞いていらっしゃるんですか」

「一也さんは優秀で、常にクラスの中心的存在だったようですね。それに引き換え、真也さんのほうは内気で目立たない存在だったと。それでお二人は兄弟のわりには、あまり仲がよくなかったと聞いています。ご家庭ではいかがでしたか」

一也が真也をいじめていたことは、口が裂けても言えない。そんなことが週刊誌に出たら、一也は激怒するだろう。しかし、かと言って二人が親密だったとか、互いに助け合っていたなども言えない。

戸惑っていると、岸は小さく鼻息を洩らし、こちらの気持ちを見透かすような目でわたしを見た。

「あなたはさっき、メディアは自分たちに都合のいい側面だけを取り上げるとおっしゃったけれど、あなたも自分に都合のいいことしか言わないのではありませんか。それが悪いとは申しません。情報というものは、たいてい当人の都合のいいことしか発信されないものですから。それをどうこう言っても仕方がない」

わたしは返す言葉がなかった。顔を伏せると、岸は半ば自分に言い聞かせるように言った。

「私もメディアの一員として、できるだけ公平に、多面的な情報を発信したいと思っています。けれど、読者に伝わらなければ、そもそも発信する意味がなくなる。つまり、重要なのはまず読んでもらえること。そのためには読者が興味を持つように書かなければなりません。読者が好むのは、いい話、わかりやすい勧善懲悪、それにスキャンダルです。むずかしいことや複雑なことは嫌われる。それから暗い話も。いくら知るべき内容でも、読者に読まれなければ話にならない。お兄さんのことを悪く書かれて、腹が立つのもわかりますが、読者がそれを求めるのなら致し方ないんですよ」

わたしのメディア批判は単なる身びいきだったのか。顔を上げると、今度は揶揄《やゆ》するような視線にぶつかった。

「あなたも出版界にいるのならわかるでしょう。読者には整合性が大事なんですよ。あなたのお話も記事にしようと思いますが、唐突に実はお兄さんはいい人だったと書いても、世間は受け入れません。受け入れてもらうためのストーリーが必要なのです」

最後は若輩の同業者を憐れむような声だった。

翌週に出た「週刊潮流」の記事の見出しを見て、わたしは愕然《がくぜん》とした。

『〝希死天使〟の実妹激白。「兄は〝善意〟で殺しただけ」連続殺人魔の異常な日常』

記事にはわたしが真也のサイコパス的な側面を認めたことが、大々的に書かれていた。ある程度、煽情的な見出しは覚悟していたけれど、これはあんまりだ。しかし、これも岸の言う「読者が興味を持つように」書かれたものなのか。

大事なのは、記事の中身だ。四ページにわたる特集記事を、わたしは先走る気持ちを抑えながら、集中して読んだ。見出しはスキャンダラスだったが、記事にはわたしの主張がきっちりと書かれていた。すなわち、真也の行為は許されるものではないが、そこには一握りの善意もあったはずということ、決して自殺志願者を自殺に誘導したのではなく、むしろ思いとどまらせようとしたこと、安西詩織さんのケースはその実際の証であることなどだ。加えて、真也がわたしにとっては優しい兄で、引きこもっている間も哲学書を読んでいた知的な人間であったことも、書いてくれていた。

これで少しは真也に対する世間の見方が変わるだろうか。裁判官だって世間で非難ごうごうのままでは、死刑判決を回避しにくいだろう。これまで露悪的な報道一辺倒だったところに、一石を投じられたのではないかと、わたしはわずかに慰められる思いだった。

しかし、記事の後半は、一也のことで占められていた。「K」とイニシャルで書かれているが、関わりのある人間には、一也であることはすぐにわかる。

記事には、一也と真也の同級生たちの証言をもとに、わたしの知らないことがいろいろ書かれていた。

たとえば、小学校の教室で一也が「筋肉固め」と称して真也に馬乗りになり、両膝《りょうひざ》で腕の付け根を押さえて動けなくしたことや、雨で廊下が濡《ぬ》れていたとき、何の前触れもなく、ふいに一也が真也の足を払って転倒させたこと、さらには朝礼で整列するとき、学級委員の一也が列の確認をしに来て、少しはみ出していた真也の耳をいきなり引っ張ったことなどだ。

中学校の同級生は、クラス対抗のソフトボールの試合で、ピッチャーだった一也が続けてフォアボールを出したとき、イライラしている一也に、真也が「ノーコンピッチャー」と囃《はや》し立てたと話していた。チェンジになったとき、一也は真也の横っ面をグローブで思い切り叩《たた》き、真也は吹っ飛ぶように倒れた。一也の怒りは、周囲の者がしんとするほどだったとのことだ。

記事には一也と真也の仲が悪かったことや、一也が真也をいじめていた可能性があるとも書かれていた。そのせいで、わたしが真也に感情移入しているのではないかというのだ。それは一面、当たっている。

さらには、母の自殺についても言及され、真也が母の病院通いをやめさせたこと、自殺を予見していたのに止めようとしなかったことなど、第五回の公判で出た話も取り上げられていた。

果たして、この記事で読者の興味はどこに向かうのか。

それはわからないが、「サイコパス」という言葉が独り歩きしたら逆効果だ。わたしはなんとかそれを止める手立てを講じなければと思った。

考えついたのは、「週刊潮流」の読者になりすまして、ツイッターで発信することだ。SNSの危険性は承知しているが、このままにはしておけない。可能な方法はやはり使ってみるべきだと判断した。

以前、アカウントを作ったツイッターとインスタグラムは、真也が逮捕されたあと、中傷やいやがらせが殺到したので削除した。会社のメールアドレスで作成したアカウントにも、中傷や誹謗《ひぼう》のコメントが来たので、仕事上の発信もできなくなった。しかし、半年をすぎたころから、攻撃されることはなくなり、ユーザー名を「書籍編集部」として再開していた。

今回は個人のアドレスを使い、新たにアカウントを作成した。アカウント名は「司桂子」。白島先生と大叔母の名前から拝借した。

正体がバレないよう、あくまで一読者になりきって、日常のつぶやきも入れながらツイートした。最初はサイコパス云々《うんぬん》にも触れず、あくまで中立的な感想に終始した。

『週刊潮流で興味深い記事発見！』『この妹さん、どうなんだろ』『真也容疑者の兄にも問題ありみたい』

はじめは「いいね」もほとんどない代わりに、否定的な反応もなかった。それで翌日、少し踏み込んだツイートをした。

『やっぱり報道って偏ってる？』『記事のタイトル、中身とかなりちがってるんですけど』『サイコパスは言いすぎ⁇』

するると、「いいね」が少しずつ増え、リツイートもされた。さらには、『週刊誌はサイコパスとか安易に使いすぎです』というコメントが来た。

『ですよね。サイコパスの定義もまだ曖昧らしいし』と返すと、一気にコメントやリツイートが増えた。やはりサイコパスという言葉は食いつきがいい。真也を明らかなサイコパスと決めつけるコメントも多かったが、それに反対する者や、判断不能と中立の立場の書き込みも少なくなかった。

『この記事を書いた記者さん、〝希死天使〟に説得されて、自殺を思いとどまった女性の記事を書いたのと同じ人ですね』

そうツイートすると、『彼女、アタシの友達です』というコメントが来た。

『安東沙織さん（仮名）をご存じなんですか。何て言ってますか』と返すと、『彼女は〝希死天使〟さんに感謝してるって言ってました』と返ってきた。

そして、別の人からは、『自殺を止めてくれたんだものな』とか、『〝希死天使〟、案外、ホントの天使かも』というコメントが寄せられた。公判で詩織さんが真也に肯定的な証言をしたことを記したコメントもあった。嬉しくなって、わたしは、『たしかに〝希死天使〟さん、いいこともしてるのかも』と発信した。

ツイートに「いいね」が増え、フォロワーも利用開始四日後には三百人を超えた。

その二日後、驚くべきコメントが届いた。アカウント名は「リコとリタ」。

『村瀬真也さんのしたことは人助けです。自殺は怖い。だけど生きているのもつらい。わたしも早く死にたい。不謹慎かもしれないけれど、毎日、死ぬ病気になればいいと思ってます。〝希死天使〟の活動は、素晴らしい。早く釈放すべきです。そしてまた活動を再開してほしい』

真也のことを擁護《ようご》してくれているのはありがたいが、これは困る。なぜ早く死にたいと思うのか。生きることがそんなにつらいのか。

そう考えて、わたしははたと気がついた。わたしには「リコとリタ」さんの生きるつらさをぜんぜんわかっていない。それを理解しようとせず、自分がつらくないから、この人もつらくないはずと思うのは、まちがっている。

いや、そんなふうに思うのは、やはりわたしが知らず知らず、真也の考え方に引き寄せられているからかもしれない。

これまで寄せられたコメントには、すべて返信していたが、このコメントにはどう返せばいいのかわからなかった。なぜ早く死にたいのかと、聞いていいのか悪いのかもわからない。聞いたところで、納得すれば死を容認することになるし、反論すればどうせあんたにはわからないと返されるだけだろう。

ほかにも自殺願望を仄めかすようなコメントが来たりもした。まずい展開だ。しかし、ツイートを消すわけにもいかない。そう思っているうちに、利用開始から一週間後、恐れていたことが起こった。

書き込まれたのは、悪意と卑劣さが透けるようなコメントだ。

『このアカウント、〝希死天使〟のマジ妹じゃね？』

即、否定した。すると『即、否定するのが怪しい』『やっぱりそう？』『オレもそう思った』などのコメントが一気に増えた。

だが、わたしはこの事態を秘かに待ち受けていたのかもしれない。心の底では堂々と名乗り出て、真也を弁護したいと思っていたのだから。

しかし、ネットの世界では情報はただ洩れだ。わたしのアカウントには、次のようなコメントがあふれた。

『村瀬真也の実妹特定。司桂子にまちがいなし』『本名・村瀬薫子。二十六歳。未婚。カレ氏なし。脳内カレ氏は兄（爆）』『三人殺して善意ありました？　はぁ!?　この国は連続殺人犯をほめるんですかぁ』

ほかにも、『おまえも同罪』『お兄ちゃんに殺してもらえ』『こいつを叩いたら賞金10万円』などの、いやがらせの書き込みが山ほど来た。わたしは自分の甘さを悔いながらも、そんなものに負けるほどひ弱ではないと自分に言い聞かせた。しかし、中傷の書き込みにどんどん「いいね」がつき、何度もリツイートされると、正直、動揺した。

さらにわたしを恐怖に陥れたのは、次の書き込みだった。

『週刊誌に出てた長兄・K＝本名は一也。三友《さんゆう》証券・強欲証券マン。弟いじめてシリアル・キラーに仕立てた男』

ツイッターの検索に「村瀬一也」と入れると、六時間で八十二件もあった。二十四時間で見ると、昨日のこの書き込みのあと、急激にツイートが増えている。

どうしよう。このままだと一也に迷惑がかかる。

ツイートの内容は、読むに堪えない誹謗中傷、名誉棄損の嵐《あらし》だった。とにかく一也に報せなければならない。わたしは自分が受けている攻撃に混乱していたが、LINEでメッセージを送った。

『一兄、ごめん。一兄を炎上させてしまったみたい』

一也からの連絡は十分後くらいに直接、電話で来た。

「いったいどういうことなんだ。おまえまで俺の足を引っ張るのか。俺が今、どんな状況かわかってるのか」

一也は自分のアカウントを確認して、エゴサーチをかけたのだろう。スマートフォンの声が怒りに震えていた。わたしは自分が犯した過ちの大きさに困惑し、血圧が急激に下がったように意識が遠のきかけた。それを懸命に堪えて言った。

「ごめんなさい。わたしがバカだった。こんなことになると思ってなかったの」

「どういうことか説明しろ」

何から話せばいいのか。「週刊潮流」の記事から詩織さんの出廷、そのあとでわたしが岸記者の取材を受けて、先週号に記事が出たこと、それを補足するつもりで読者を装ってツイッターをはじめたら、三日前に身元がバレてしまったこと、さらには昨日、一也に関する書き込みが出たことを、しどろもどろになりながら懸命に伝えた。

「俺はな、今、のるかそるかの大事な仕事を抱えてるんだ。おまえになんか説明してもわからんだろうが、大口の個人投資家に営業をかけて、社内選抜でニューヨーク行きが決まるかどうかの瀬戸際なんだ。真也の事件でこれ以上騒がれたら、その話もおじゃんになる。そうなったら取り返しがつかないんだぞ」

一也が怒るのも無理はない。わたしはひたすら謝るしかなかったが、時間を巻きもどすことはできない。なぜあんな迂闊なことをしてしまったのか。自分の甘さを悔いるばかりだった。

今さらながらネットの世界は恐ろしい。一也への中傷コメントは、日に日に増える一方だった。わたしはハラハラしながらその内容をチェックし、一也の仕事に支障が出ないことを祈った。

一也は自分のアカウントを削除したようだが、仕事の関係上、SNSで情報を収集することはやめられないだろう。それがどれくらい彼に影響するのか、わたしにはわからない。

わたしに対する攻撃やいやがらせは、次第に現実離れしたものになってきた。事実誤認、でっち上げ、荒唐無稽《こうとうむけい》な推測。わたしと真也が近親相姦《そうかん》しているとか、わたしも自殺志願者だとか、わたしが中国のスパイだとかいう書き込みまであった。要するに、投稿者たちは、自分のうっぷん晴らしや不満のはけ口に、SNSを利用しているにすぎない。溺《おぼ》れかけている犬を、竹竿《たけざお》で突くようなことしかできない惨めな連中なのだと思えば、動揺する気持ちもわずかに薄れた。

一也は賢いし強《したた》かだから、SNSの誹謗などには負けないだろう。しかし、社内での立場はどうなるのか。心配だったが、わたしにできることはなかった。


安西詩織さんの証人尋問で一回延びた検察側の論告求刑は、五月六日、第十回公判で行われた。

傍聴席の前列には、「報道」の腕章をつけた記者たちが、いつもより多く陣取っていた。左の約三分の一のところにはパーティションが立てられ、遺族が真也と顔を合わせないように配慮されているのはいつもと同じだ。わたしの席は、毎回、佐原弁護士が裁判所に依頼して優先傍聴にしてくれている。

裁判長が開廷を告げると、検察官が用意した書面を読み上げた。その内容は、わたしにはとても受け入れられないものだった。

まず、殺害の動機について、検察官はこう言った。

「被告は自らの歪んだ欲求を満たすため、SNSを悪用して、自殺志願者をおびき寄せ、自殺を手伝うと持ちかけた上、殺害したものである。被告は被害者にもともと自殺願望があったことを理由に、殺害が犠牲者のためになる行為だとして、自ら罪の意識をごまかし、犯行を繰り返すに及んだ」

争点になった被害者の依頼または承諾については、それを完全に否定した。

「被告本人も証言している通り、被害者が殺害を依頼または承諾した事実はなく、仮に暗黙の了解のようなことがあったとしても、それは『死ねばすべての苦しみから解放される』等、被告が言葉巧みに被害者を自殺に誘導した結果にほかならない」

また、佐原弁護士が否定した千野翔子さんへの性的暴行についても、真也の証言を信用に値するとした。

「女性被害者への性的暴行の自白は、警察の取り調べで強要されたものだと弁護人は言うが、被告自身、事実は取り調べ調書の通りと公判で証言しており、事実と考えるのが妥当である。

その他の証言についても、内容は一貫していて、論理的な矛盾もないことから、十分に信用できる」

さらに犯行後の経緯についてはこう主張した。

「被害者を殺害したあとは、遺体を平然と野原の空井戸に遺棄し、事前に遺棄場所を物色するなど、犯行はきわめて計画的かつ悪質である。また、公判を通じて、被告は何ら反省の態度を示さず、遺族への謝罪の言葉もない」

そして、最後にこう締めくくった。

「逮捕されなければ、同様の犯行を繰り返すと、被告本人が証言していることからも、更生の可能性はきわめて低く、また、遺族の処罰感情も激烈である。以上の事情を考慮し、相当法条適用をもってすれば、被告には死刑以外、選択の余地はないものと考える」

その瞬間、前列にいた記者たちが、いっせいに身を屈《かが》めて後ろの出口に向かった。明日の新聞には、『希死天使事件　死刑求刑』の大きな見出しが躍るのだろう。

真也は動じるようすもなく、被告人席からまっすぐ法壇を見ていた。佐原弁護士も死刑の求刑を予測していたのか、いつもと変わりなく平然としていた。

真也のやったことは、どう考えても承諾殺人だ。それを無理やり殺人に仕立て上げ、死刑を求刑する検察官は、それこそ考えが歪んでいる。

次の最終弁論で、佐原弁護士はきっと検察側の主張を崩してくれるだろう。わたしにはそう信じる以外になかった。

その後、わたしのSNSの炎上も次第に沈静化していった。誹謗者たちは次から次へと発生する事件や政治家の失言、アスリートの不倫やタレントの不祥事に関心が逸れていき、〝希死天使〟の妹のことなど忘れてしまったかのようだった。しつこく書き込みやリツイートを続ける人もいたが、彼らこそ不遇で偏執狂的な精神の持ち主だろう。

しかし、彼らが発信するゴミみたいなコメントの中にも、考えさせられるものがあった。たとえば、安西詩織さんの自殺を思いとどまらせることはできたのに、なぜほかの三人を死なせてしまったのかという疑問。

たしかに、救うことができた詩織さんのことばかりを持ち出すのはフェアでない。死なせてしまった三人はどこがちがったのか、確かめたほうがいい。SNSの炎上騒ぎでしばらく真也との面会に行けていなかったが、この疑問を聞くために、わたしは久しぶりに相模原拘置所を訪ねた。

いつもの手続きをすませて、待合室で待っていると、ほどなく番号が呼ばれ、面会室の号数を告げられた。

アクリル板の向こうに現れた真也は、相変わらずの坊主頭《ぼうずあたま》にこけた頬で、悲しみに疲れたような暗い目をしていた。安西詩織さんが裁判で証言するきっかけが、週刊誌の記事だったことは聞いていただろうが、わたしが詩織さんと直接話したことや、週刊誌の取材を受けたことは伝えていなかった。

「わたしが取材を受けた記事、読みたい？」と聞くと、真也は「いらない」と低く答えた。

わたしが身元を隠してツイッターに投稿したこと、それがバレて炎上したこと、一也にも迷惑をかけたことも手短に話した。真也はそのいずれにもさしたる反応を見せず、ほとんど我関せずの顔つきだった。

「詩織さんの証言のおかげで、わたし、ずいぶん慰められたの。真兄が自殺願望のある人を、一人でも思いとどまらせることができたんだと思ったからね」

詩織さんが真也に感謝していたこと、真也の忠告のおかげで本や新聞を読むようになり、年齢以上にしっかりした考えの持ち主になっていることを伝えた。

「だから、ほかの三人の人たちにも、いろいろ説得してあげたんでしょう。だけど最終的に、自殺の希望を叶えざるを得ない状況になったのはなぜ。何か特別な理由があったのなら教えてほしい」

真也は気怠そうな半眼になり、軽い失笑を洩らした。

「薫子は誤解しているよ。僕は別に自殺を思いとどまらせるために、〝希死天使〟を名乗ったわけじゃない」

「だって、詩織さんには七回も会って、生きるように励ましたんでしょう」

「あの子はそれほど強く死のうと思ってたわけじゃなかったからな。話を聞いているうちに、自分で死ぬのをやめたんだ」

「ほかの三人はちがったって言うの。でも、詩織さんだっていじめからＰＴＳＤになって、死ぬしかないと思うほどまで追い詰められていたんでしょう」

強く言うと、真也は身体を反らせ、さっきよりはっきりした目でわたしを見た。

「薫子は何もわかってないな。そんなに言うなら、あの三人がどんな思いだったのか、わかるようにしてやるよ。取りあえず最初の二人だ。僕が逮捕されたあと、薫子はアパートの荷物を整理してくれただろう。ラップトップのパソコンは今どこにある」

「警察が持って行ったけど、少し前に佐原弁護士が返してくれた。藤沢の実家の真兄の部屋に置いてある」

「じゃあ、それを開いてメールを見てみろ。受信トレイに、千野さんと豊川さんからのメールがあるはずだ。件名は忘れたけど、はじめのほうのメールだったと思う。そこに二人が自殺を求めた経緯が書いてあるから、読んでみたらいい」

そう言って、真也は何かを思い起こすように目を細めた。その表情は痛ましげだった。

真也のパソコンは長らく警察が保管していたが、佐原弁護士が裁判の準備のために取りもどし、メールも証拠として調べていた。検察官も佐原弁護士も公判で一部を引用していたが、千野さんたちの思いに言及した部分には触れていなかった。

わたしは真也からロック解除のパスワードを聞き出し、自宅にもどってから真也のパソコンを開いた。メールの受信トレイには当時のメールがそのまま残されていた。

千野翔子さんからのメールを開いていくと、目的のものはすぐに見つかった。真也にはじめて会ったあと、彼の求めに応じて書いたもののようだ。自殺に至る経過が二回に分けて綴《つづ》られている。長いが当該部分を引用する。

・第一のメール。

『わたしは学生のころから男の人と付き合ったことがなく、自分は恋愛に縁がないのだと思い込んでいました。

大学を出たあと、商社のOLになりましたが、何か人の役に立つ仕事に就きたくて、四年前に病院の医療事務に転職しました。

職場を変えても、相変わらず男性から声がかかることはなく、仕事オンリーの毎日でした。わたしは器量もよくないし、身体も貧相なので、仕方ないと思っていました。

でも、去年の秋、突然、好きな人ができたのです。この前、少しお話しした病院の男性看護師Nさんです。廊下や事務室で見かけると、心がときめきました。これまで感じたことのない切ない気持ちです。もちろん、告白などはできません。遠くから見ているだけで十分と、わたしは自分に言い聞かせていました。

ところが、去年の暮れ、Nさんのいる病棟の忘年会に参加すると、二次会の帰りに、地下鉄に向かう道でたまたま二人になったのです。

「今日は楽しかったね」とNさんが言い、わたしも「ほんとうに」と応じました。

少し歩くと、彼が時計を見て、「まだ早いね。もう一軒行かない？」と誘ってくれました。わたしはびっくりして、それでも嬉しくて、通りにあったショットバーに入りました。

二人でウィスキーを二杯ずつ飲み、楽しくしゃべりました。アルコールと緊張のせいで、心臓が痛いほど脈打ちました。

夢見心地でマンションに帰ったあと、部屋に灯りをつけ、洗面台で顔を洗おうとしたら、鏡にいつもの自分が映りました。

――いい気になっちゃだめ。彼は単に飲み足りなかっただけ。わたしみたいな女を、好きになるわけないじゃない。

慣れっこの自嘲《じちょう》のはずなのに、ふいに涙があふれました。

忘れようとしましたが、Nさんへの思いは募るばかりで、仕事も手につかない状態でした。何をのぼせ上がっているのかと、自分をたしなめましたが、ショットバーでの楽しそうだった彼の顔を思い出すと、もしかしてという思いも捨てられませんでした。

それで、はっきりけりをつけるため、ダメ元で彼を食事に誘いました。名目はこの前、ウィスキーをご馳走になったお礼です。

予約は例のショットバーにも近いカジュアルなイタリアンにしました。食事が終わって、デザートになったとき、わたしは意を決して言いました。

「前からNさんのことが好きでした。きっとダメだと思うけど、もしよかったらわたしと付き合ってもらえませんか。ダメならダメでいいです。わたし、心の準備は十分してきましたから」

百パーセントNOを予測して、それでも笑顔であきらめる覚悟をしていたら、彼は、「いいよ」と言ったのです。わたしは自分の耳を疑いました。もしかして、付き合わなくても「いいよ」の意味なのか。そう思って恐る恐る顔を上げると、彼は笑っていました。天にも昇る心地とはこのことです。奇跡の大逆転。そんな言葉が頭の中で乱舞しました。

お店を出たあと、わたしは彼を前と同じショットバーに誘いました。自制しようにも、はしゃぐ気持ちを抑えることができなかったのです。支払いは前回と同じく彼がしたので、お店を出たあと、「またお返ししなきゃいけないじゃない」と、わたしが口を尖らせると、彼が肩を引き寄せ、キスしてくれました。

突然のことで、身体が震えて涙があふれました。でも、それはこの前、鏡の前で流した涙とは、百八十度ちがうものでした――。

すみません。ノロケみたいなことを書いてしまって。

思い出すと、今も涙が流れます。今日はもう、これ以上は書けません。

続きはまた明日に。おやすみなさい』

・第二のメール。
『Nさんとの付き合いは、病院のだれにも内緒にしていました。

二人の関係が深まるのに、時間はかかりませんでした。Nさんは常に紳士的でしたが、わたしのほうが彼に夢中になっていたので、自然とそんなふうになったのです。初体験は痛いばかりで、キスのほうがずっとましでしたが、それでもわたしはNさんとの確かなつながりを感じて、幸福でした。

でも、その状態は長くは続きませんでした。身体の関係は続いていましたが、どことなくNさんが上の空になっていたり、ときに冷ややかになったりしたのです。

わたしは不安になり、何度も彼の気持ちを確かめました。

「心変わりしたのなら言って。騙されるのは死ぬよりつらいから」

そう言うたびに、彼はわたしを慰めてくれました。

「大丈夫。気持ちは変わっていないよ」

わたしはその言葉を信じようとしました。それでも不安は消えません。職場では平静を保っていましたが、マンションにもどると気持ちが乱れました。食事が摂れなくなり、もともと細い身体が激ヤセになって、友だちが病院で検査をするように勧めてくれたほどです。お酒に酔って、彼に無言電話をかけたり、夜中にいきなり彼の部屋に行ったこともありました。何もないとわかると、その場に泣き崩れ、土下座をして謝りました。

わたしは女の存在を薄々感じていたのです。

疑心暗鬼に耐えきれず、ある夜、ほぼ泥酔《でいすい》状態で「今から死にます」と彼に電話をして、手首を切りました。一度でうまく切れず、五回ほど切りました。彼はすぐに駆けつけてきて、わたしを病院に運びました。傷は深かったけれど、動脈までは切れていなかったようです。

「次は首を切るわ」

マンションにもどってからポツリと洩らすと、彼は声をあげて泣きました。

「どうしてそんなに僕を苦しめるのか。いったいどうすればいいの。結婚すればいいのか。それともいっしょに死ねばいいのか」

取り乱す彼を見て、わたしは自分がまちがっていたことに気づきました。わたしは自分のことしか考えていなかったのです。

「わたしは死なない。頑張って生きていく。だからもう悲しまないで」

「ほんとうか」と聞かれ、わたしはしっかりとうなずきました。

これからは彼を信じ、彼の愛情にふさわしい人間になろう。そう思って、努力を続けました。職場でも明るく振る舞い、お酒もやめ、規則正しい生活を心がけました。病院で彼と会っても笑顔を絶やさず、たまに二人で会ったときには、落ち着いている自分を見せるように努《つと》めました。

そうやって、なんとか安定した関係を取りもどそうとしていたとき、突然、彼から別れを告げられたのです。

「ごめん。好きな人ができた。だから、もう君とは会えない」

自分の耳が信じられませんでした。けれど、来るべきものが来た、そんな気もしました。

「相手はだれ？」

彼が告げた名前は、同じ病院の看護師でした。わたしよりずっと美人で、スタイルのいい女性です。

「彼女と結婚するつもりなの？」

「そういう話になってる」

不思議と涙は出ませんでした。頭のどこかで、そんな結末を予測していたのでしょうか。

涙はマンションに帰ってから、止めどもなくあふれました。またつらい涙に逆もどりです。

わたしが自殺未遂をしたことは、彼以外だれも知りません。その彼が、ほかの女性と結婚するというのです。つまり、わたしなど死んでもいいと思われたのです。

彼は悪い人ではありません。ただ、わたしが彼の期待に応えられなかっただけ。間もなく彼は病院に結婚を報告するでしょう。わたしにはその報せに耐える勇気はありません。

それで村瀬さんに救いの手を求めたのです。

おわかりいただけましたでしょうか。どうぞ、よろしくお願いいたします』

メールを読んで、わたしは翔子さんが自らを『何の取り柄もない女』と書き残していたことを思い出した。愛した男性に死んでもいいと思われたことが、彼女にそう書かせたのだろう。翔子さんは相手の男性を『悪い人ではありません』と書いているが、明らかに悪い男だ。翔子さんが亡くなったのは五月の半ばなのだから、忘年会が付き合いのスタートだとしても、ほんの数ヵ月で別の女性との結婚を決めたのだ。自分に好意を持つ翔子さんを弄《もてあそ》んだとしか考えられない。

そんな男のために死を願うなんて、あまりにバカげている。そう言って悪ければ、あまりにも悔やまれる。真也はわたしがこのメールを読んで、翔子さんの自殺願望を納得するとでも思ったのか。なぜ、自殺を思いとどまるように説得できなかったのか。説得の方法ならいくらでもあっただろう。こんなくだらない男のことは忘れて、もっといい人が現れるのを待つとか、心の傷も時間がたてば、いつかは癒やされるとか。

納得できない思いのまま、次にわたしは豊川耕介さんからのメールをさがした。

豊川さんが自殺への思いを書いたメールもすぐに見つかった。まだ真也と直接会う前のやり取りで、病気の詳細を訊ねた真也に、豊川さんはWordの添付文書で説明していた。

これも長文だが、そのまま引用する。


『私が最初に異変を感じたのは、今から二年前、電車が揺れたときに、つり革をつかみ損《そこ》ねたことでした。改めてつかもうとしたのですが、うまくつかめませんでした。

そのうち、何もない廊下や教壇でつまずくようになり、パソコンのキーボードでミスタッチが増えたり、椅子から立ち上がったとき、よろめいたりするようになりました。

疲れのせいかと思いましたが、どこかふつうでない気がして、近くのクリニックに行くと、総合病院に行くようにと言われました。神経内科を受診し、脳のＭＲＩをはじめ、さまざまな検査を受けて、告げられた病名が、脊髄小脳変性症でした。

今は素人でもネットでいろいろな情報を得ることができます。この病気がどんなものか、おおよその見当はつきます。それでも、自分が将来どんなふうになるのか知りたくて、私は神経内科の主治医に頼んで、特別に専門の施設に入っている患者さんの往診に同行させてもらいました。

午後二時前でしたが、食堂でやせた老人がまだ昼食を摂っていました。離れたところから見ていると、老人は変形した手で先割れスプーンを握り、おかずの肉ジャガか何かを食べようとしていました。箸《はし》はすでに使えなくなっているのでしょう。スプーンを食器に近づけようとするのですが、手が揺れてなかなか近づきません。左手で右手を握り、懸命に腕を伸ばしますが、スプーンはわざとのように目標をはずれます。老人は歯を食いしばり、唸《うな》り声をあげて、ようやくスプーンの先に肉を突き刺しました。

しかし、今度はそれを口元に持っていけません。無精ひげにまみれ、歯の抜けた口をいっぱいに開け、なんとか食べようとしますが、スプーンは左右に揺れて止まりません。口で追いかけるようにして、ようやっと肉に食らいつきました。まるで出会いがしらの偶然を待つかのようです。その間、優に二分はたっています。たった一口食べるだけにこの苦行です。

次に老人は水を飲もうとしました。プラスチックのコップに手を伸ばしますが、狙《ねら》えば狙うほど手が大きく揺れます。なんとか引っつかむようにしてコップを取り、それをまた口に運ぶのが一苦労です。食べかすの残った口を仰向けに開き、水を飲もうとしますが、顔も揺れるので、大半はこぼれて、口に入った水も気管に吸い込まれて激しくむせます。一口の水を飲むのも肩で息をするほどの荒業なのです。

今まで意識しませんでしたが、ふつうに水が飲め、食事ができることが、どれほどありがたいことなのか、思い知らされるようでした。

個室の診察に付き添うと、さらに症状の進んだ女性の患者さんがいました。ベッドで身動きできず、全身がやせ細り、生白い腕は肘や手首の関節ばかりが膨れて、文字通り骨と皮でした。年齢は四十八歳。発症して八年目だといいます。

女性は胃ろうから流動食を注入されていました。敷布《しきふ》の下は布団ではなく、床ずれ予防のエアマットです。ベッドサイドには尿を取る管につながれたバッグがぶら下げられ、濃い尿が溜まっていました。

医師が体調を聞くと、何かしゃべろうとしましたが、滑舌が悪すぎて何を言っているのか聞き取れませんでした。この病気には言語障害も起こるのです。

横のラックにはおむつや介護用のウェットティッシュ、除菌アルコールシート、使い捨てのビニール手袋、防水シート、タオル、洗剤、軟膏《なんこう》、ブラシ、洗面器にバケツなど、大量の介護用品が置いてあります。

ほかにも、車椅子と格闘するように腕を動かす女性や、ベッドの上で弓なりに身体を反らせけいれんしている男性、蠟《ろう》人形のように天井に視線を固定したまま動かない老女もいました。

私は絶望し、恐怖にとらわれました。

それでも、すぐに自殺を決意したわけではありません。多少のふらつきはありましたが、手足はまだ思い通りに動くし、話すこともできましたから。専門の医師に診てもらい、しっかりと治療すれば、最悪の事態は免れるのではないか。両親も健在ですし、私と同じく教師をしている妻もいるので、簡単にあきらめるわけにはいかなかったのです。

ネットでこの病気の専門医をさがすと、都立の神経難病専門の病院が見つかりました。主治医には申し訳ないと思いましたが、紹介状を書いてもらい、専門病院の副院長に診てもらうことになりました。

副院長は私を励まし、診療にベストを尽くすと言ってくれました。その病院では、モデル動物を使った研究も行われていて、治療法の開発も夢ではないとのことでした。

遺伝子検査を受けると、私はSCA2というタイプだとわかりました。タイプがわかれば、対処法や予後の判定もより厳密になります。SCA2は十年から十五年かけてゆっくり進行するので、副院長も楽観しているようでした。

ところが予想に反し、私の症状は急激に進行しました。統計やデータは、個人には当てはまりません。仮に九五パーセントがゆっくりの進行でも、残りの五パーセントは急激に悪くなる。私は運悪く、その五パーセントに入っていたのです。

歩行困難がひどくなり、呂律がまわりにくくなったとき、施設で見た同病の患者たちと自分が重なりました。ほどなく同じ状態になる。仕事はもちろん、生活さえ破綻《はたん》し、寝たきりで、飲み食いもできず、下の世話もだれかに頼り、話すこともできなくなる。妻の負担、両親の嘆き、何より死ぬまで続く自分の不自由、不如意。

それを考えたとき、私は一日も早い死を望むようになったのです。

妻の美知恵には申し訳ないと思います。彼女は私がどんなことになっても、最後まで自宅で介護をすると言ってくれています。しかし、私はそれに甘えるわけにはいかない。彼女の人生を、私の介護だけで終わらせたくはないのです。不幸を背負うのは私一人だけで十分です。妻の気持ちは涙が出るほど嬉しいけれど、私は彼女を巻き添えにしたくはない。妻には新たな人生で幸せになってほしい。それが私の願いです。そのためにも、私の人生は一日も早く終わらせるべきなのです。

(この文章も、左手で右手を押さえての入力で、丸三日かかりました)』

脊髄小脳変性症という病気は、詳しくは知らないが、ALSなどと並び、難病中の難病であるらしい。

豊川さんが自殺を望んだ大きな理由は、ひとつに奥さんの美知恵さんの人生を、自分の介護で終わらせたくないということだった。しかし、美知恵さんは公判で、「意地でも最後まで自宅で世話をすると、夫に言いました」と証言していた。「信じてもらえなかったことが悲しい」とも。豊川さんは、どうして美知恵さんのその言葉を信じてあげられなかったのか。

しかし、今ひとつの理由は、豊川さん自身が、寝たきりの全介助の状態で生きることに耐えられないということだった。いくら奥さんが献身的に介護すると言っても、本人が耐えがたい惨めさを感じるなら、それを否定して生きろと言うのは、どうなのだろう。

病気になったのは豊川さんのせいではないのだから、惨めに思う必要はないと言っても、それは本人の気持ちを無理に曲げることにはならないか。

あるいは、豊川さんが今死ねば、美知恵さんもご両親も悲しむのだからと言えば、それは豊川さんより奥さんや両親の気持ちを優先していることになる。

いちばん苦しんでいるのは病気になった豊川さん自身なのに、その気持ちを最優先にしないで、世間的な常識や、周囲の感情を押しつけるのが、いいのか悪いのか。

わたしが結論を出せずにいるのは、豊川さんの気持ちが死に向かっているからだ。それ以外なら、躊躇なく本人の気持ちを優先すべきだと言えるだろう。しかし、死だけは容認できない。

とはいえ、いずれ死は確実に訪れるのに、やみくもに拒絶するだけでいいのだろうか。死を絶対的に拒否する気持ちは、いったいどこから来るのだろう。

さらにもうひとつの疑問は、星野瑠偉くんに関することだ。

真也のメールボックスには、瑠偉くんからのメールも多数、残されていた。そのすべてを開いてみたが、書かれているのは打ち合わせやお礼の類《たぐ》いばかりで、千野翔子さんや豊川耕介さんのように、自殺を望んだ経緯を書いたようなメールはなかった。

瑠偉くんだけは特別だったのか。あるいは話し合いの中で、納得できる理由が語られたのか。

それを確かめるため、わたしはふたたび拘置所の真也を訪ねた。

アクリル板の向こうに現れた真也は、いつも通り紺のジャージの上下で、気怠そうに前の椅子に座った。

「千野さんと豊川さんのメール、読んだよ」

「どうだった」

千野さんのメールは後まわしにして、まず豊川耕介さんのことから話した。

「病気のことは気の毒だと思った。思ってた以上に悲惨なことになるのね。だから、自殺を選ぼうとした経緯もわかったし、将来を悲観したのもよくわかった。本人の気持ちを最優先にすべきだということも、まちがっていないと思う。だけど、わたしはその先にあるのが死だということが、どうしても受け入れられないの。最優先にしながら受け入れられないのは、矛盾しているのはわかってる。だけど、やっぱり死ぬのはダメでしょう」

真也は答えない。肯定も否定もされないことに、わたしはつらいものを感じた。

「わたしは奥さんの美知恵さんのことを考えてしまうの。だって、奥さんはご主人を最後まで自宅で介護すると言っていたのでしょう」

真也は理論武装をしている人が、反撃に転じるように薄笑いを浮かべた。わたしはいやなことを聞かされると思った。

「薫子は、奥さんを悲しませないために、豊川さんに耐えがたい惨めさにも甘んじて、生きろと言うんだな。そんなことになったら、僕は豊川さんに同情するよ。あの病気は、症状が進むと身動きができなくなるんだ。言語障害で、『ありがとう』も『すまない』も言えなくなる。蛇の生殺しよりひどい。そうなったら、自殺しようにもできなくなる。苦痛を免れる唯一の方法を奪われて、いつ果てるとも知れない時間を、ベッドの上で、遺恨と惨めさに苛まれて生きることになるんだ。奥さんにいくら死なせてくれと言っても、もちろん受け入れてはくれないだろう。奥さんもつらい状況になる。しかし、どうすることもできない。豊川さんは無理やり生かされて、死ぬまで沈黙の苦痛に苛まれることになるんだ。その責任はだれが負う？　生きろと言った人が少しでも肩代わりしてくれるのか。そんなことはあり得ない。だから、豊川さんは自分で自分の命を自由にできる今のうちにと思って、僕に連絡してきたんだ」

真也の顔から笑いは消え、挑むような目をわたしに向けた。

「それでも、自殺を思いとどまるよう説得すべきだと言うのか。それでほんとうに豊川さんのことを真剣に考えていると言えるのか」

豊川さんが寝たきりになって受ける苦しみのことまで、わたしは考えていなかった。しかし、だからと言って、自殺を受け入れていいのか。

「豊川さんが亡くなったら、美知恵さんが悲しむでしょう。まだ寝たきりになる前に自殺なんかしたら、そのあとずっと悔いと嘆きが残るんじゃないの」

かろうじて反論すると、意外にも真也はそれを認めた。黒目に深い諦念《ていねん》を浮かべて言った。

「豊川さんにも奥さんにも、どちらにもつらい思いをさせたくないという気持ちはわかる。しかしな、両方の苦痛を免れさせる方法はないんだ。であれば、やっぱり優先されるべきは病気になった当人の豊川さんじゃないか。いちばんつらい思いをしているのは彼なんだから」

反論できない。それなら真也の行為は正しかったのか。真也の言い分は、頭では理解できるが、何かが首を縦に振らせない。心に何かが立ちはだかっている。

沈黙するわたしを、真也は半ば優しく、半ば厳しく諭《さと》した。

「豊川さんも苦しんでいたんだよ。もしも日本に安楽死法があって、選びたいときにいつでも死を選べる状況だったら、こんなに急がなかっただろう。それができないから、やむを得ず決めた苦渋の選択が、早めの死だったんだ。どうしてその気持ちを認めてあげられない。本人の悩みや苦しみに寄り添わず、どれほどつらい思いをしているかも理解せず、『生きろ』と言うのは無責任だろ。本人しかわからない苦しみの果てに、致し方なく死を選んだ相手に、『あなたはまちがっている』と言うほど、残酷なことはないと僕は思うよ」

このままでは真也に押し切られる。そう思ったわたしは、千野翔子さんのことに話を移した。

「たしかにそうかもしれないけれど、千野さんのほうはいかにも悔やまれる気がした。失恋の痛手が大きすぎると、死にたくなるのもわかるわ。だけど、それはいずれ癒える種類のものでしょう」

またも真也は答えない。わたしはめげずに続けた。

「だって、千野さんを振った男性看護師は、ほんとうにひどい男じゃない。そんなヤツのために命を捨てるなんて、あまりにもったいない。少し時間を置けば、安西詩織さんみたいに悲しみを乗り越えて、人生をやり直すこともできたでしょう」

「そうじゃないんだよ」と、真也は目を伏せたまま首を振った。

「千野さんは相手の男をまだ愛してたんだ。その彼を悪く言われると、よけいつらい気持ちになる。千野さんはこれまで男性経験もなく、慎《つつ》ましく生きてきた。はじめて真剣な恋を得て、幸福に浸っていたんだ。千野さんにとってはかけがえのない相手だった男を貶《けな》して、また次のチャンスもあるからと、どんな根拠があって言える？　彼女に同じだけ愛せる相手がまた見つかる保証なんかないだろ。そんなのは、ただ生きることをやみくもに肯定している人間の浅はかな言い分だ」

「やみくもにって、生きることを肯定するのは当たり前でしょう。だれでもそうよ」

「ちがう」と、真也は言下に否定した。

「おまえにはまだわからないのか。世の中には、生を肯定する人間ばかりがいるんじゃない。

死に惹かれる人間もいるんだ」

真也がわたしをおまえ呼ばわりするのは、よほど肚《はら》に据えかねたことがあるときだ。子どものときも、そう呼ばれると怖かった。でも、堪えて問い返した。

「死に惹かれるってどういうこと。千野さんがそうだったと言うの。真兄のところに来る前に、リストカットをしたから？　でも、あれは衝動的なことでしょう。彼に電話もしてるんだから、本気で死ぬつもりだったとは思えない」

「あのリストカットははじめてじゃないよ」

真也は突き放すように言った。

「千野さんは、十代の後半から自殺未遂を繰り返していたんだ。千野さんのメールを読んだとき、僕もはじめは失恋くらいでと思った。だけど、彼女は死ぬ以外にないほど苦しんでいたんだ。それでいろいろ話を聞くうちに、失恋は単なる理由づけにすぎないことがわかった。彼女はもともと死に惹かれる人間だったんだ。だから、それまでにもいろいろな理由をつけて、自殺未遂を繰り返していた。些細な失敗、過剰な潔癖性、妄想のような罪の意識で、睡眠薬をのんだり、首吊りを試したり、リストカットも何度もしていた」

「それじゃあ、千野さんは失恋が原因で自殺しようと思ったんじゃないということ？」

「本人は失恋のせいだと思っただろう。とにかく彼女は死にたがっていた。これまで何度も失敗しているから、今度は確実に死にたいと思ったそうだ。その方法はある。瑠偉も同じことを言っていたけど、電車に飛び込むとか、マンションの屋上から飛び降りるとか。でも、どれもあとで遺体の処理や、賠償の問題で親に迷惑をかけてしまう。それがいやだから、僕のところに来たんだよ。薫子は覚えていないか。僕のアパートで一度、千野さんに会ってるだろう」

あのとき、彼女が失恋したことは聞いたが、そのショックから立ち直り、精神的にも安定しているように見えた。

「彼女は遺体のことを心配して、僕に話を聞きに来たんだ。だれにも見つからない秘密の場所に安置してあげると説明すると、これでだれにも知られず、ひっそりと死ねますねと喜んでた」

「でも、結局、世間にも家族にも知られてしまったじゃない」

「だけど、千野さん自身はそれを知らないからいいんだ」

「裁判で千野さんのお母さんが悲しんでいたでしょう。それは何とも思わないの」

「娘さんを亡くしたことは気の毒だけど、あのお母さんは千野さんのことを何もわかっていなかった。娘のことを思っているつもりで、自分の感情を押しつけているだけなんだ。裁判で、『翔子は生きたいと思っていたはず』なんて言ってたけど、ぜんぜんちがう。千野さんは死にたかったんだ。それが本心だよ」

真也は穏やかに言った。だが、とても承服はできなかった。死にたいのが本心だなんて。よしんばそうだとしても、どうしてそれを認めるのか。理由を聞いて、問題を解決して、生きる希望が持てるようにするのが当然じゃないのか。死にたいのなら、はい、どうぞなんて、まるで冷酷な悪魔か死神、それこそ週刊誌に書かれた『夜叉』だ。

「千野さんの母親に比べたら、瑠偉の母親とお祖母《ばあ》さんは、まだしも理解があったな」

真也のほうから話を変えた。

「瑠偉くんも死に惹かれる人間だったと言うの」

たしかに、瑠偉くんも何度も自殺未遂を繰り返していた。だけど、まだ十代の青年だ。長く生きればまた思いも変わるのじゃないのか。

そう言うと、真也はうんざりしたように眉をひそめた。

「おまえは裁判で検察官が読み上げた瑠偉の詩を忘れたのか。生きることの押しつけに対する嫌悪と怒りがあふれていただろう。それが瑠偉の本心だ。どうしておまえは本人の気持ちをねじ曲げようとするんだ」

「わたしはねじ曲げようなんて思ってない。ただ、生きる希望を持ってほしいだけ」

「それがねじ曲げてると言うんだ。希望の押しつけはやめてくれ。善人面して、自分がどれだけ相手を苦しめているかもわからず、それが当然、だれでもそうだと、無自覚に数の力で強《し》いるのはやめろ。死に惹かれる者の声を圧殺し、生きることを強制することが、どれだけ横暴なことか、おまえにはわからないのか」

真也の興奮がアクリル板を通してこちらに伝染した。わたしは必死に言い返した。

「生きている人間が死に惹かれるなんて、信じられない。今が苦しいから、死に逃げようとしているだけじゃないの。死ねばすべて消えるなんて、安易な逃避よ」

「ちがう！」

真也が怒鳴り、二人とも沈黙した。

面会時間はかぎられている。わたしは気を取り直して訊ねた。

「白島先生に聞いたけど、真兄は希死念慮があったの？　もしかして、真兄も死に惹かれる人なの？」

「自分ではわからない。だけど、死にたい気持ちが湧き起こることはあった。それを止めてくれたのは白島先生だよ」

「どんな治療をしてくれたの」

「自分の気持ちを客観的に見るように指導してくれた。理由もなく死にたいと思うのは、いつ死ねるかわからない不安から来るものなんだ。自分で死を設定したら気持ちも落ち着く。むかしの武士みたいなものだ。武士道というは死ぬ事と見つけたりというだろ。たとえば、赤穂浪士《あこうろうし》は主君の仇討《あだう》ちを果たしたあと、従容として切腹を受け入れた。それは大きな目標を達した満足感、心の安定から来るものだよ」

「白島先生は真兄に、生きるための目標をさがしなさいと言ったのでしょう。その目標は見つかったの？」

「見つかったさ。人のためになることだよ。ほんとうに困っている人、苦しんでいる人のためになることができれば、気持ちも落ち着く」

「まさか、それって自殺したい人を死なせてあげるということ——？」

真也は答えない。しかし、否定しないことがすべてを物語っている。わたしは取り乱して叫んだ。

「そんなのおかしい。自殺しようとする人がいたら、止めるのが善意でしょう。死なせるのがその人のためなんて、ぜったいにまちがってる」

真也は何度同じことを言わせるんだというようにため息をつき、ほとんど諦念を込めて言った。

「おまえには死に惹かれる人間の、ほんとうのつらさがわからないんだ。だから、そんなふうに押しつけてくるんだ」

「死に惹かれる人って何よ。そんな人がほんとうにいるの」

「いるさ。白島先生はそういう人たちを否定しない。先生は死に惹かれる人間のほんとうの理解者だ」

「信じられない！」

反射的に怒鳴り声をあげてしまったところで、立ち会いの刑務官が面会の終了を告げた。

真也は疲れ切ったように立ち上がり、扉の向こうに消えた。わたしは立ち上がることができず、肘をついたまま両手で顔を覆った。

死に惹かれる人がいるなんて、真也はどうしてそんな不自然で不健全な考えを持つようになったのか。

真也は白島先生が「ほんとうの理解者だ」と言った。その真意を確かめるため、わたしは三《み》度《たび》、白島司先生を訪ねることにした。

連絡すると、先生はいつも通り快く訪問を受け入れてくれた。

「あなたも気の休まるときがないわね」

たぶん、わたしは思い詰めた顔をしていたのだろう。診察室でわたしを見るなり、先生は同情してくれた。

死に惹かれる人について聞くと、「信じたくない気持ちはわかるけど」と言いながら、奇妙な例を出して説明した。

「ウィーンで初演されたミュージカルの『エリザベート』は、ハプスブルク帝国の皇妃エリザベートが、死神によって死に誘《いざな》われる物語よ。そんな不吉な演目が、日本を含め多くの国で上演されるのはなぜか。それは人々の心の奥底に、死に惹かれる何かが潜んでいるからよ。ジョン・レノンの『イマジン』だってそう。あの歌詞は、天国も地獄もない、国境もなければ私有物もない、殺すこともないし、これ以上死ぬこともない、平穏な時間が流れているだけという、死の世界を暗示している歌詞でしょう」

まさか。しかし、白島先生はわたしの反論を遮《さえぎ》るように続けた。

「フロイトは〝死の欲動〟の存在を主張しているわ。人間には生の欲動（＝エロス）と、死の欲動（＝タナトス）の両方があるの。フロイトがそれに気づいたのは、第一次世界大戦後にシェル・ショックの患者さんを診察したときよ。近くで爆弾が破裂して生き残った兵士が、すでに安全な状況なのに、爆発のショックを繰り返しフラッシュバックさせて恐怖に駆られる。今でいうＰＴＳＤね。死に直結する不快な記憶なのに、なぜわざわざ思い出すのか。まるで何かに惹かれるように思い出すのは、死の欲動があるからだと気づいたわけ」

たしかに、ＰＴＳＤでは、自分でフラッシュバックを抑えられない。拒もうと思っても、逆に吸い寄せられるように思い出してしまう。

「何かのきっかけで死の欲動が顕在化すると、それは死の衝動となって、人を死に向かわせる。死の衝動は無意識のうちに作用するから、自我（＝エゴ）は抵抗できないの」

「死の欲動はだれにでもあるんですか。でも、わたしは死にたいなんて思ったことはないし、死を肯定したこともありません」

「それはあなたが無意識に生きることはいいことだと思い込んでいるからよ。生きることにはいい面もあるし悪い面もある。なのに、根拠もなくいいと信じているでしょう」

反論しようと思うが、生きることがいいと判断する根拠を改めて考えると、説得力のある答えが浮かばない。死んだら終わり、取り返しがつかない、生きていればいいこともある――では、根拠にならない。

「生きることを悪いことだと思っている人がいるんですか。それが死に惹かれる人なんですか」

性急に答えを求めると、白島先生はいたわるような微笑みを浮かべて、ひとつ首を振った。

「死に惹かれる人がいるというのとは少しちがう。生の欲動と死の欲動は、二者択一ではなくてグラデーションなの。多くの人は圧倒的に生の欲動が優位だけれど、半々の人もいれば、死の欲動が優位の人もいる。いじめに遭っても、自殺する子としない子がいるのはなぜ？ 失恋や病苦、人間関係でも、自殺する人としない人がいる。自殺を選んだ人の状況が、死ななかった人より常に過酷だとはかぎらないでしょう。それほど過酷でなくても、自ら死を選ぶ人がいるのは、グラデーションの欲動がもともと死に傾いているからよ。他人から見るとさほどでない理由でも、本人にとっては死ぬ以外にないほど重くてつらいことなの」

そう言えば、青少年の自殺の報道でも、遺族はさしたる理由が思い当たらないという記事もよくある。もちろん、差し障《さわ》りがあって公にされない場合もあるだろう。だが、実際に不可解と思われる人の自殺もあるのではないか。

「生の欲動が強い人には理解しにくいかもしれないけれど、死の欲動が優位な人は厳然として存在する。わかりやすい例として、わたしが興味を持っているのは久坂葉子《くさかようこ》という女流作家よ、少し古い人だけど」

白島先生は椅子から立ち上がり、壁の書棚から小ぶりな箱入りの本を持ってきた。

「彼女は神戸《こうべ》の川崎重工業の創始者の曾孫で、男爵家の令嬢だった。生まれは一九三一年。戦後、十九歳で芥川賞《あくたがわしょう》候補になり、二十一歳で鉄道自殺を遂げた。この作品集『女』に収録されている『幾度目かの最期』という小説を、勢いに任せて書き上げた大晦日《おおみそか》の晩に、特急電車に飛び込んだの」

紙の箱から本を取り出し、口絵写真を見せてくれた。意志的な目をした短髪の若い女性が、何かに挑むように微笑んでいる。

「彼女は才能にも美貌《びぼう》にも家柄《いえがら》にも恵まれていたのに、十代の半ばから四回も自殺未遂を繰り返した。しかも、理由は毎回ちがう。つまり、自殺の理由は自分と周囲を納得させるために作られたものというわけよ」

千野翔子さんや瑠偉くんと同じだ。

白島先生は箱につけられた帯をわたしに向けながら言った。

「久坂葉子は戦後、裕福な家から自立しようとして、破滅的な恋愛と自殺未遂を繰り返したことから、〝女太宰治《おんなだざいおさむ》〟の異名もとっていた。作家の曾野綾子《そのあやこ》さんが帯におもしろいことを書いてるでしょう」

白島先生の指したところには、次の一文があった。

『太宰にしてもこの久坂氏にしても、本質的にあるいは生理的に生きることの辛《つら》いという人がいて、それはその人の心がけでなおるというようなものではまったくない。それほどに繊細に人生を受けとめざるをえないという神経が、つまりはその人々の才能というものなのである』

「つまり、これが死の欲動の強い人ということですか」

「そう。生きることが生理的につらいのよ。それは教育や努力で変わるものではないと、曾野綾子さんは見抜いている」

俄《にわ》かに信じられなかった。ただ生きていることがつらいだなんて。

「でも、だからと言って、死に向かうのは命を粗末《そまつ》にすることじゃありませんか」

「命を粗末にするという発想自体、生の欲動が強い多数派の主張よ。多くの人は、当然のように命を大事にしなければと思っている。でも、死の欲動が強い人にはそれがつらいの。ありのままの自分を否定されるように感じるから。そういう意味では、彼らは究極のマイノリティかもしれないわね」

「多様性を認めるなら、死ぬ自由も認めなければいけないということですか。でも、超えてはいけない一線というものがあるのじゃないですか」

「それはあなたが生の欲動が強い側の人間で、さらに死ぬ以外にないほどの苦しさを経験していないから感じることよ。苦しんでいない人が、苦しんでいる人に大丈夫と言うのは不遜《ふそん》でしょう。どうしてその人の気持ちに寄り添ってあげないの。自分が生きたいからと言って、人にまで生を押しつけるのは傲慢《ごうまん》なことじゃない？」

たしかに、わたしは死ぬ以外にないほどの苦しみを知らない。ふと、母の死が思い浮かんだ。一也は母になぜ死んだと怒りをぶつけるばかりで、母の気持ちに寄り添うことはなかった。真也は「母さんも苦しかったんだ」と、理解を示していた。認めたくはないけれど、母の気持ちを思えば、わたしも真也の側に立つべきなのかもしれない。

「白島先生のおっしゃる通りかもしれません。自殺を選んだ人に対して、わたしは死んでほしくないという自分の気持ちを優先するばかりで、相手のつらさを理解する姿勢が欠けていました。真也の犠牲になった千野翔子さんも豊川耕介さんも、二人ともほんとうに苦しんでいたんですものね。まずそちらに目を向けるべきでした」

「真也さんはそれを十分に理解していたから、ああいう行動をとったのだと思う。それが法律上、許されないことであるのは悲しいけれど」

わたしは白島先生の言うことに屈服せざるを得なかった。生まれつき死の欲動の強い人は、実際、存在するのだろう。そういう人に無理に生きろと言うことは、自制すべきなのかもしれない。

うなだれながら胸の内でそう確認していると、白島先生がそっとわたしの肩に手を載せた。

「亡くなった三人のご遺族も、つらいのはわかるけど、自分の悲しみにばかりとらわれず、死を選ばざるを得なかったご本人の気持ちに寄り添えば、少しは癒やされるのじゃないかしら」

「――そうですね」

うなずくと、白島先生は今気づいたように訊ねた。

「あなたは今、二人ともほんとうに苦しんでいたと言ったけど、もう一人、未成年の男性がいたでしょう」

「星野瑠偉くんですね。彼も苦しんでいたんでしょうけど、具体的なことがわからないので」

「ほかの二人はわかったの?」

「真也のパソコンに、二人が胸の内を明かしたメールが残っていましたから」

「メール?」

ふいに白島先生の顔色が変わった。

「どうかしましたか」

「どうもしない。気にしないで」

先生は口角を上げて笑ったが、その表情は明らかに不自然だった。

真也の手にかかった自殺志願者は、三人とも死の欲動が強い人間だったのか。

もしそうだとしても、真也のやったことが許されるわけではないが、わたしはそのことが気になった。

今ひとつには、加害者の身内として、被害者の遺族に何もせずにいていいのかという気持ちもあった。

幸い、真也は事後に備えるためか、三人の被害者の住所をメールで確認していた。それでわたしは、遺族に手紙を送ることにした。村瀬真也の妹として、兄のしたことを謝罪させてもらいたい、許されないことはわかっているが、もし受け入れてもらえるのなら、せめて亡くなった方の仏前に、お参りさせてもらいたいという手紙だ。

千野翔子さんと豊川耕介さんの遺族には、改めてお知らせしたいことがあるとも書いた。真也宛てのメールに残っていた二人の気持ちを伝えることで、白島先生が言うように、死を選んだ二人の心情を、少しでも伝えることができればと思ったからだ。


最初に返事をくれたのは、豊川耕介さんの妻、美知恵さんだった。

——今さら謝罪してもらっても仕方ないけれど、妹さんもつらいでしょう、仏前にお参りしてくださるのなら、どうぞ、日曜日の午後なら家にいますので。

そんな内容だった。わたしはすぐに美知恵さんに連絡を取り、調布市にある豊川さん宅を訪ねた。

豊川さんの住まいは分譲マンションの二階で、緊張しつつインターフォンを押すと、美知恵さんは穏やかな顔で迎え入れてくれた。

和室に通されたわたしは、まず座布団をはずし、畳に両手をついて精いっぱいの気持ちで頭を下げた。

「謝って許されることではありませんが、兄がとんでもないことをいたしまして、ほんとうに申し訳ございませんでした。お詫びにうかがうのも、こんなに遅くなってしまい、申し訳ない気持ちでいっぱいです」

畳に額をすりつけていると、美知恵さんが「どうぞ、頭を上げてください」と、ねぎらってくれた。第五回の公判で泣き崩れたときから四ヵ月ほどの時間がたち、少し落ち着きを取りもどしたのかもしれなかった。

扉を開いた仏壇に燈明が灯され、正面に遺影が飾られていた。きちんとネクタイを締め、姿勢を正した豊川耕介さんは、いかにも生真面目《きまじめ》な高校教師という風貌だった。

美知恵さんに促されて、わたしはお供えの品を差し出してから、線香に火をつけ、手を合わせた。亡くなった豊川さんは、真也のことをどう思っていたのか。悪く思ってはいないと思いたいが、美知恵さんの気持ちを考えれば、手前勝手なことは望めない。遺体の発見が、雑草の生い茂る野原の空井戸だったことがふと思い出され、それだけでも美知恵さんの悲しみの深さを思わずにはいられなかった。

手を合わせたまま瞑目《めいもく》していると、美知恵さんがポツリと言った。

「夫が亡くなって、ちょうど二年になります。まだ、ついこの前のように思うけど」

わたしは仏壇に一礼してから、美知恵さんに向き合った。豊川さんのメールにあった添付文書は、プリントアウトして持ってきていたが、いざとなると、それを見せてよいものかどうか、躊躇した。

「公判で証言されていましたが、あの当時、ご主人には自殺を思わせるそぶりはなかったのですね」

「ええ。でも、今から思うと、わたしが介護のことはわかってると言ったとき、夫がわかってないと怒ったのは、すでに生きることをあきらめていたからかもしれません。先が見えない状態に耐えられるわけがないと落ち込んでいたのも、きっと将来に絶望していたからでしょう。そんな夫の気持ちに気づかなかったわたしは、思いやりに欠けていたのかもしれません」

「いいえ。奥さまのお気持ちを考えれば、決してそんなことはないと思います。病状が悪化しても、ずっとご主人を支えていくおつもりだったのでしょう」

「そうですけど、夫はあのとき、どんな気持ちでいたのか――」

今なら受け入れてもらえるのではないか。そう思い、わたしはバッグから封筒に入れた添付文書を取り出した。

「実は、ご主人から兄に送られてきたメールがあるんです。警察や検察は目を通しているはずですが、奥さまはご覧になっていますか」

美知恵さんは驚きと不審の表情で首を振った。

「ご主人のお気持ちが綴《つづ》られています。どうぞお読みください」

封筒といっしょに渡すと、美知恵さんは熱心に文字を追いはじめた。文書を持つ手がかすかに震える。途中で口元を覆い、茫然《ぼうぜん》とつぶやいた。

「夫が主治医の先生と施設にまで行って、自分と同じ病気の患者さんを見てきたなんて、知らなかった」

さらに読み進み、口元を押さえたまま涙をこぼした。奥さんへの思いを書いた最後を読み終えたとき、美知恵さんは大きなため息を洩らした。

「夫がこんなふうに思っていたなんて。裁判のときに少し聞いたけれど、実際に夫が書いたものを読むと、重みがちがいますね」

わたしも美知恵さんの気持ちはよくわかった。

「優しいご主人だったんですね」

「ほんとうに」

そう言って、流れる涙を指で拭った。

「夫の両親も、再婚のことは自由にしてと言ってくれてるんです。そのほうが亡くなった息子の希望にも添うからと」

真也によれば、豊川さんは自分と両親の間には信頼関係があると言っていたそうだが、それは事実のようだ。

美知恵さんはさらに自分に言い聞かせるようにつぶやいた。

「夫の死は悲しいけれど、彼はわたしのことを思ったからこそ、自ら死を選んだんですよね。その思いを否定したら、夫に申し訳なさすぎます。早まったとか、もっと生きてほしかったというのは、わたしの感情ですもの。それは抑えなければいけない。ほんとうに相手のことを思いやるというのは、自分の思いを殺すことなんですね」

重い言葉だ。そうあるべきかもしれないが、なかなか実行できることではない。

「それでも、やっぱり兄のしたことは――」

もう一度、謝罪しようとしたら、美知恵さんがそれを遮るように首を振った。

「あなたのお兄さんへの気持ちはまだ複雑だけれど、以前のような怒りと憎しみだけではなくなっている気がします。お兄さんはお兄さんなりに、夫のことを思ってくれたのかもしれませんから」

思いもかけない言葉だった。真也を少しでも許してくれるのか。いや、そこまで及ばなくても、美知恵さんの気持ちは和らぎつつあるようだ。

判決に及ぼす遺族の処罰感情の影響は大きい。一審で美知恵さんがふたたび証言台に立つことはないだろうが、もしも死刑や無期懲役の判決が言い渡されても、控訴したときには二審で証言してもらえるかもしれない。

豊川耕介さんが死の欲動の強い人だったのかどうかはわからなかったが、わたしはわずかに救われる思いで豊川さん宅を後にした。


千野翔子さんと星野瑠偉くんの遺族からは、返事が来なかった。

時間はかかると思っていたが、美知恵さんの反応が思いがけないものだったので、二日後、わたしは午後から有休を取って、千野翔子さんの遺族を訪ねてみることにした。訪問を拒絶する返事も来ていないのだから、謝罪と仏前にお参りに来たと言えば、門前払いされることもないだろう。

翔子さんの実家は、大田区蒲田《おおたくかまた》にあった。京急蒲田駅《けいきゅうかまたえき》から、糀谷駅《こうじやえき》のほうに十分ほどのところにある戸建ての住宅で、門から玄関まで数歩という古びた二階家だった。

インターフォンを押して名乗ると、ガラス戸が開いて屈強な男性が現れた。手紙は母親の佑子《ゆうこ》さん宛てに出したので、驚いたが、男性の鋭い目線にはさらに威圧されるものを感じた。

「この前、手紙を出させていただいた村瀬薫子と申します」

改めて名乗り、出版社の名刺を取り出して両手で差し出した。

開いたままのガラス戸の奥から、「だれ」という女性の低い声が聞こえた。母親の佑子さんだろう。男性が振り向いて、「この前の手紙の人。あの事件の」と答えると、佑子さんは無言のまま奥に引き返した。

「突然うかがいまして、申し訳ございません。手紙にも書かせていただきましたが、遅ればせながら、お詫びをさせていただきたいと思いましたので」

男性の鋭い目線は変わらなかったが、「まあ、どうぞ」と、訪問を受け入れてくれた。

居間らしい六畳間に入ると、絨毯《じゅうたん》の上に炬燵《こたつ》が置かれ、小ぶりのソファとテレビ、固定電話、収納棚などが乱雑に配されていた。佑子さんは炬燵で背中を丸めており、男性がソファに置いた衣服や雑誌などを取り払い、「そこへ」と席を勧めてくれた。

いったん部屋を出た男性がもどってきて、名刺をくれた。『碑文谷《ひもんや》警察署　生活安全課・指導第2係・主任　巡査部長　千野俊哉《としや》』とある。

「翔子の兄です。今日はたまたま非番なもので」

硬い声は明らかに突然の訪問を不快がっていた。俊哉氏が佑子さんの横に座ったので、わたしはソファから下り、絨毯に跪《ひざまず》いて、豊川さんのときと同様、精いっぱいの気持ちで頭を下げた。

「お詫びが遅くなってしまい、まことに申し訳ございません。兄、村瀬真也のやったことに一言お詫びを申し上げたくて参りました。兄が翔子さんにしたことは、到底、許されることではございません。心より謝罪させていただきます。ほんとうにすみませんでした」

そのまま低頭を続けたが、美知恵さんのときのように優しい言葉はかけてもらえなかった。降ってきたのは、「もういいだろ」という俊哉氏の冷ややかな声だった。そのあとは重苦しい沈黙が続く。

「あの、もし、よろしければ、翔子さんのご仏前に、お参りさせていただければと思うのですが」

この部屋には仏壇はないと思っていたら、俊哉氏が立ち上がって、収納棚の上に載せたキャリーケースほどの木箱の観音開きの扉を開けた。いわゆる現代仏壇で、中に小さな掛け軸、灯立て、香炉などの仏具が入っている。俊哉氏が硬い表情のまま、マッチでろうそくに火を点《つ》けた。

わたしは一礼して立ち上がり、線香を灯して、写真立てに入った翔子さんの遺影に向き合った。見覚えのある細面の顔が寂しそうに笑っている。真也と出会う前にも、何度も自殺未遂を繰り返していた翔子さん。あなたは死の欲動が強い人だったのですか。心の内で問いかけるが、カメラを意識して、なんとか明るい表情を作ろうとしている写真からは、精いっぱい生きようとしている姿勢しか感じられなかった。

お参りをすませてから、わたしはふたたびソファに浅く腰を下ろした。豊川さんのときと同じく、翔子さんが真也に送ったメールはプリントアウトして持参していた。それを出すべきかどうか迷ったが、佑子さんも俊哉氏も口を開こうとしないので、仕方なくバッグから封筒を取り出した。

「実は、翔子さんはわたしの兄に宛てて、ご自分のお気持ちをメールに書いていらっしゃったのです。今日、それをお持ちしましたので、ご覧いただけますか」

俊哉氏は警察の関係者だから、すでに知っているかと思ったが、未見らしく、訝しげに封筒を手に取った。中身を取り出し、慌ただしく読みだす。第一のメールを読み終えると、佑子さんに渡したが、佑子さんは手に取ったまま、読もうとはしなかった。

第二のメールは翔子さんの失恋と、死を決意する経緯が書かれているから、俊哉氏にはつらい内容のはずだが、涙は見せず、ただ眉間の皺をいっそう深くしただけだった。

佑子さんは第二のメールも読もうとしない。

「お読みいただいた内容は、ご存じでしたか」

「失恋したことは、公判の中で聞いてたよ。母も同じだ」

わたしは、真也が翔子さんに性的暴行を加えたという証言が、事実でないことも伝えなければと思っていたが、俊哉氏が警察関係者なら、その証言が警察に誘導されたものだと言っても、信じてもらえないだろう。その話は先方から出たときに説明しようと思い、別のことを話した。

「わたしは一度、兄のアパートで翔子さんにお目にかかっているのです。慎ましやかで、とても穏やかな人だと思いました」

生前の翔子さんを知っていると言えば、少しは親しみを持ってもらえるかと思ったが、逆効果だった。

俊哉氏がいきなり怒声を発した。

「翔子に会ったのか。じゃあ、どうして自殺を思いとどまるよう言ってくれなかった。そのときなら、まだ間に合っただろうに」

「翔子さんが自殺を考えているとは、思いもしませんでした。ただの兄の知り合いだと思ったんです」

「かわいそうに、翔子は悪い男に引っかかって捨てられたんだ。俺に相談してくれてたら、自殺する気など起こさずにすんだのに」

俊哉氏は悔しそうに言い、炬燵の上にあった宅配か何かの連絡票を捻じ切った。

わたしは申し訳ない気持ちでいっぱいになったが、俊哉氏の言い分には必ずしも共感できなかった。俊哉氏に相談していたら、翔子さんは自殺する気にならなかっただろうか。翔子さんのつらい気持ちは、兄に打ち明けたくらいで癒やされたのか。俊哉氏は失恋そのものをどうすることもできないのに。

申し訳ないと思いつつも、わたしは聞いてみずにはいられなかった。

「翔子さんが手首を切って、自殺を図ったのはご存じでしたか」

「知るわけないだろ。ここにも自殺未遂をしたことは、彼以外だれも知らないと書いてあるじゃないか」

「わたしは兄から聞いたのですが、翔子さんは今回の失恋以外でも、自殺未遂をなさっていたのではありませんか」

佑子さんが顔を伏せたまま、感電したように肩を震わせた。俊哉氏の鋭い目に、怒りと憎悪の光が浮かんだ。

「あんた、何が言いたいんだ。翔子が前に何をしていようと関係ないだろ」

俊哉氏は翔子さんの以前の自殺未遂を知っている。そう直感した。認めたくない気持ちはわかるが、事実から目を背けていたらいつまでも悲しみは消えない。わたしはつい前のめりに口走った。

「わたしの知っている心療内科の先生が、人間の中にはもともと死の欲動が強い人がいると言っているのです。もしもそんな性質があったのなら、翔子さんの自殺傾向は周囲の責任ではなく、本人の性《さが》のようなものだったのではないでしょうか」

「冗談言うな。翔子がそんなおかしな人間のわけないだろう。それとも何か。翔子は死にたがる性格だったから、殺されても仕方がないとでも言うのか」

「そんなこと、とんでもないです」

「たしかに、翔子は神経が細いところはあった。だがな、そんなものは人生経験を積めばふつうになるんだよ。それをあんたの兄さんが断ち切ったんじゃないか」

「それは心から申し訳ないと思っています。ですが、死を選ばざるを得なかった翔子さんの気持ちもわかってあげてほしいんです。翔子さんもつらかったんだと思います。かけがえのない恋に破れて、死ぬほど悲しかったんでしょうから」

必死に訴えたが、俊哉氏の怒りの火に油を注ぐ効果しかなかったようだ。

「失恋くらい何だ。そんなもの、時間がたてばだれでも忘れてしまう。死にたいと思う気持ちなんか、一時の衝動じゃないか。それを真に受けて、あんたの兄さんは翔子を殺したんだ。血も涙もない男だ」

わたしは衝撃のあまり、口がきけなくなった。

黙ったまま向き合っていると、俊哉氏はふと横の母親に目を向けて言った。

「おふくろはな、あれから一気に老《ふ》け込んで、今も毎日、翔子のことを思って悲しみに暮れてるんだ。まだたったの二年だぞ。最愛の娘を殺された心の傷が、二年やそこらで癒えるとでも思っているのか。おふくろは翔子のことを思い出すたびに、こうやって暗い顔で黙り込んでしまうんだ。謝罪に来たと言うから家に上げたら、翔子が死にたがっていたみたいなことを言って、どれだけおふくろを悲しませたら気がすむんだ」

「申し訳ありません」

ああ、わたしは何ということを言ってしまったのか。必死に謝罪の言葉を絞り出したが、俊哉氏はそれでも足りないとばかりに続けた。

「俺だってそうだ。警察にいながら、なんで妹を救ってやれなかったのかと、無念に思わない日はないよ。俺はな、あんたの兄さんにも自殺してほしいくらいだ。自殺しないのなら極刑になればいい。翔子と同じ苦しみを味わってほしいんだよ。それが身内を殺された者の気持ちだ。わかったか」

「ほんとうにすみません。お詫びのしようもございません」

わたしはもう一度、絨毯の上で土下座をし、謝罪の言葉を繰り返して千野家を辞した。

俊哉氏や佑子さんが、翔子さんの死を受け入れられないのは当然のことだ。激怒する俊哉氏を見て、わたしは我に返った。悲しむ遺族をさらに傷つけるようなことを口にしたのは、いつの間にか真也の考えに引きずられていたからだろうか。

けれど、わたしの耳には俊哉氏の怒りに満ちた言葉がこびりついていた。

――失恋くらい何だ。

亡くなった翔子さんには、あまりに酷《むご》い言葉ではないか。翔子さんの悲しみやつらさに歩み寄るところがまったくない。翔子さんは死ぬほど苦しかっただろうに。

自殺者の遺族は、自分の悲しみと怒りばかりが大きくて、亡くなった本人を肯定してあげる気持ちは持ち得ないのか。かわいそうに、つらかったんだねと、思いやってあげることはできないのか。

永遠に開き得ぬ扉を前にしたような気分で、わたしは自宅にもどった。

千野家の訪問で落ち込んでいると、捨てる神あれば拾う神ありで、星野由羅さんから返事が届いた。

――あなたが謝罪する必要はありませんが、瑠偉の仏前にお参りしてくれるのなら、いつでもいらしてください。

そんな内容だった。わたしはすぐに連絡して、土曜日の午後、星野家を訪ねることにした。

星野家は川崎市宮前《みやまえ》区の東高根《ひがしたかね》森林公園に近い住宅街にあった。由羅さんのデザイン事務所とアトリエを兼ねた住居で、わたしは由羅さんと瑠偉くんの作品を展示しているギャラリーのような事務所に通された。

「遠いところを、ようこそいらっしゃいました。奥に仏壇もありますが、お参りは瑠偉の自画像にしてやってください」

紫色の短髪に、カラフルな手編みのセーターとデニムのバルーンパンツを合わせた由羅さんが、わたしを促した。

自画像は第六回の公判で検察官が示したもので、大きさはＦ４号程度だが、実物は写真で見るよりはるかにすさまじい迫力があった。わたしは『星野瑠偉の世界』の新装版を持って行っていたので、「これですね」と掲載ページを開いて見比べた。

自画像の前に、由羅さんが香炉と燭台《しょくだい》を用意してくれていたので、線香を灯して手を合わせた。

しばらく瞑目していると、後ろから「いらっしゃい」と老いた女性の声がした。振り向くと、銀髪のユヅキさんが立っていた。普段着らしいブラウスにカーディガンの出で立《いでた》ちだったが、やはり両耳に腕輪サイズの大ぶりなピアスが揺れている。

「まず瑠偉の作品を見ていただきましょうか」

由羅さんが壁に飾られた瑠偉くんの絵やスケッチを順に説明してくれた。

「これは瑠偉が小学二年生のときに描いた動物のスケッチです。あの子は象やライオンは描かず、アリクイとかナマケモノとかインドサイとか、変わった動物ばかり描いていました。でも、どれも特徴をよくつかんでいるでしょう」

ほかにもゴッホのような粗《あら》い点描画や、キュビズムを思わせる前衛的な人物画などもあった。大きなガラス窓の前には、由羅さんの作品らしいステンレスの抽象的な立体彫刻も飾られている。

「瑠偉さんはほんとうに才能に恵まれていたんですね。それはたぶん、お母さまから受け継がれたものでしょうね」

「瑠偉の才能は、いわば突然変異みたいなものだと思いますよ。わたしなんか足下にも及びません」

「そうだね。あの子は絵の才能だけでなく、詩や音楽や踊りにも特異な感性を持っていたからね」

由羅さんに続いてユヅキさんが言い、「こちらへ」と、打ち合わせ用らしいテーブル席に案内してくれた。

由羅さんがハーブティーを淹れてくれたので、それをいただく前に、わたしは居住まいを正して言った。

「手紙のお返事に、謝罪の必要はないと書いてくださっていましたが、わたしはやはり兄の身内として、お詫びさせていただきたく存じます。瑠偉さんにはひどいことをしてしまい、ほんとうに申し訳ございませんでした。もしも瑠偉さんが生きていたら、この先、どんな素晴らしい作品を発表したかと思うと、残念でなりません」

「そうね。それはわたしも惜しいと思うわ」

由羅さんが言うと、ユヅキさんもうなずいて続いた。

「瑠偉は一種の天才だったからね。どこまで才能を発揮できたか知れないけれど、夭逝《ようせい》は宿命だったのかもしれないね」

「たしかに」

由羅さんが応じるのを見て、わたしは千野翔子さんと豊川耕介さんの遺族との反応のちがいに驚いた。亡くなったことを宿命と受け止めるなんて、やはり以前から何かしら覚悟のようなものがあったのだろうか。

「瑠偉さんの場合は、公判でも以前の自殺未遂について言及がありましたし、『星野瑠偉の世界』に収録されている詩やエッセイを読んでも、死に親しみを感じているというか、少なくとも一般の感覚のように死を忌避することがなかったように思うのですが」

わたしが訊ねると、由羅さんとユヅキさんがそれぞれに答えた。

「瑠偉はもう小学校の四年生くらいから、自分は早く死ぬ気がするって言ってたんです。どうしてって聞くと、大人になった自分を想像できないと言ってました」

「わたしには、僕は死ぬのが怖くないと言ってたわね」

「実は、兄の犠牲になった千野翔子さんと豊川耕介さんは、自殺を望んだ経緯について、詳しい事情をメールで兄に説明しているんです。たぶん、兄が聞いたんだと思います。でも、瑠偉さんからはそんなメールがないんです。だから、事情がわからなくて。何か自殺につながるような理由があったのでしょうか」

「裁判でも話しましたが、具体的な理由はわからないんです。ただ、苦しんでいたようには思えましたが」

たしかに、由羅さんはそのように証言していた。

「創作上の苦悩とか、行き詰まりみたいなものですか」

「それはないわね。あの子はいつも嬉々《きき》として作品に取り組んでたから」

「そうだったね。食事の途中でも、ソファに寝転んでいても、何か思いつくとすぐ自分の部屋にこもって、絵を描いたり文章を書いたりしてたからね」

「お風呂から飛び出してきて、濡れた身体のまま、パソコンで猛烈に何か書きだしたこともあったわ」

由羅さんとユヅキさんが、懐かしむように語り合った。

「公判で検察官が、瑠偉さんはうつ病だったのではないかと聞いたとき、由羅さんは言下に否定されましたね。確信があったということですか」

「もちろんです。瑠偉は常に活動的で、創作意欲にも燃えていました。あんな精力的なうつ病患者はいないわ。深刻な顔をしていることも多かったですが、それは苦悩の表情ですよ。天才的な表現者によくあるような」

以前はわたしも瑠偉くんのうつ病を疑っていた。だが、白島先生の話を聞いてから、必ずしもそうではないような気がしていた。理由もなく自殺を望んだから、うつ病ではと考えるのはあまりにも安易な発想だ。

「瑠偉さんが死ぬことを考えたのは、病気ではなく、才能だと思うとも証言していらっしゃいましたね。それは、つまり――？」

先を促すと、由羅さんは苦笑しながら答えた。

「あれは冗談というか、あの検察官があまりに俗っぽい決めつけで質問してきたので、ちょっとからかってやったんですよ」

たしかに意味不明な証言ではあった。

「では、苦しんでいたというのは」

「強いて言えば、生きていること自体が苦しいということでしょうか」

曾野綾子氏の久坂葉子評、――本質的にあるいは生理的に生きることの辛いという人がいて――、を思い出さずにはいられない。奇《く》しくも、曾野綾子氏も「才能」という言葉を使っていた。

「実は、わたしが知っている心療内科の先生が、死の欲動が強い人格というものがあると教えてくれたんです。人間には生の欲動と死の欲動があって、人によって比率がちがうらしいんです。これまでのお話を聞くと、もしかしたら瑠偉さんは死の欲動が強かったのではないでしょうか」

「そんな欲動があるの。どうかしら。でも、もしかしたら当たっているかもしれない」

「そうだね。なにしろ未遂を三回もやってるんだから」

由羅さんもユヅキさんも、冷静に受け止めてくれたようだった。ユヅキさんが思い出すようにつぶやく。

「あの子は幼稚園のころからもう生きづらそうだったものね。団体行動が嫌いで、ひとり勝手なことをしては叱られ、無理やりみんなと同じにさせられていた。それがいやだったんだね。

ふつうの人間が支配しているこの現実に、我慢ならなかったんだよ」

由羅さんもうなずく。二人には瑠偉くんの苦悩がよくわかっていたのだろう。

「でも、そんな死の欲動が強い人って、多いのかしら」

「そんなことはないと思いますよ。由羅さんがおっしゃった通り、一種の才能みたいなものでしょうから」

わたしが答えると、ユヅキさんが首を傾げた。

「だけど、日本は自殺する人が多いんでしょう。特に若い人たち。だったら、別に特別な才能はなくても、生まれつき死の欲動が強い人っていうのは、ほかの国より多いんじゃないかい」

たしかに日本は、OECD加盟国の中でも自殺率は常に上位に位置している。もしかしたら、予備軍は多いのかもしれない。

「今はSNSが盛《さか》んだから、見ず知らずの自殺志願者が初対面で意気投合して、集団自殺をやったりするらしいわね」

由羅さんの言葉に、わたしは公判で彼女が言った言葉、――まったく面識のない被告に殺されたことも、許しがたいです――を、思い出した。由羅さんたちの真也に対する処罰感情はどうなのか。直接は聞けないので、わたしは重ねて謝罪することにした。

「やっぱり兄の罪は重いと思います。SNSで瑠偉さんと兄がつながりさえしなければ、こんな悲劇は起こらなかったでしょうから」

顔を伏せると、由羅さんが思いがけないことを言った。

「あなたのお兄さんだけの責任じゃないわよ。裁判では言わなかったけど、瑠偉とあなたのお兄さんをつないだ人がいるのよ。その人が余計なことをしなければ、事件にまではならなかったと思う」

「つないだって、どうやってですか」

「ツイッターで紹介したのよ。『星野瑠偉の世界』を作るために、瑠偉が残したメモやスマートフォンの記録、パソコンのデータなんかを全部、見直したの。そうしたら、ある人とのやり取りがあって、その人が〝希死天使〟と名乗っていたあなたのお兄さんを、瑠偉に紹介したの。〝希死天使〟はあなたを救ってくれるかもしれないとか、人間的にも素晴らしい人だから、きっと力になってくれるだとか、まるでそそのかすようなメッセージを送ってきて」

「何という人ですか」

「名前はわからない。アカウント名はたしか、『アール・アイ・ピー』だったと思う」

発音だけではわからないと思ったのか、由羅さんはテーブルにあったメモに文字を書いてくれた。

『R.I.P.』

どこかで見たことのあるような略語だ。意味はわからなかったが、なんとなく不吉なイメージにわたしの胸はざわついた。

由羅さんとユヅキさんを訪ねた翌週の五月二十七日、第十一回の公判が開かれた。

この日、最終弁論に立った佐原弁護士は、検察官に負けない堂々とした態度で、真也の行為が承諾殺人だったことを主張した。

「被告はSNSで被害者に連絡するとき、自殺を手伝うために会うということを再三、明示しており、三人の被害者もまた、その前提で被告のアパートを訪ねています。被告の動機は、死ぬ以外に苦しみから逃れられない人を救うことで、検察官が主張する歪んだ欲求のようなものではまったくありません。さらに被告は自殺志願者をすぐに殺害するのではなく、数度にわたって面会し、自殺に至る事情を聞き取り、できれば思いとどまるよう説得を繰り返していきます。実際、被告の説得で、自殺を思いとどまり、その後、社会に復帰した人も実在します」

真也が承諾はなかったと証言したことについては、こう説明した。

「被告は生来、極端なほどの潔癖性を有しており、承諾がなかったというのは、口頭もしくは文書で承諾の言葉がなかったという事実を述べているのにすぎません。逆に、被害者は殺害を拒絶したのかと問えば、同様に被告は拒絶の言葉はなかったと答えるでしょう」

たしかにそうだ。わたしは傍聴席で大きくうなずいた。

佐原弁護士は、千野翔子さんに対する性的暴行についても、きっぱりと否定した。

「被告の自白は警察の執拗な取り調べにより誘導されたもので、公判においてそれを否定しなかったのも、証言を覆せば、面倒な尋問が課せられることに対する投げ遣《なや》りな忌避の気持ちからであります。裁判員の質問にもあった通り、被害者に同情していた被告が、死の直前という厳粛な状況で、意識のない女性に暴行を加えることなど、断じてあり得ません」

また、遺体の遺棄場所を事前にさがしてあったことについて、こう主張した。

「いずれの被害者も、自殺後、家族がその死を知って悲しむより、失踪という形にして、少しでも悲嘆を軽くしたいという希望を持っていました。被告はそれを叶えるため、敢えて人の近づかない野原の空井戸を遺棄場所に選んだのであります」

すべては真也の善意から出た行為だということである。

佐原弁護士は自信にあふれた口調で、弁論の最後をこう締めくくった。

「以上により、被告の罪状は殺人および強制性交等ではなく、承諾殺人および死体遺棄をもって審理するのが相当と考えます」

申し分ない弁論だった。検察官の悪意と欺瞞に満ちた論告に比べ、はるかに率直に事実を言い当てている。

わたしは満足したが、真也は別段、うなずいたり納得したりするようすも見せず、ただぼんやりと法壇を見ていた。

佐原弁護士が着席すると、裁判員から真也に質問が行われた。

「あなた自身に、自殺願望はありますか」

「ありません」

真也は平然と答えた。

「それなら、死刑を回避しないような証言をしたのはなぜですか」

「特に理由はありません」

なぜそんな投げ遣りな答え方をするのか。せっかく裁判員が真意を汲み取ろうとしてくれているのに。

傍聴席から見える真也の顔には、まるで表情というものがなかった。真也はすでに生きることをあきらめているのだろうか。

最後に裁判長が訊ねた。

「被告から何か言いたいことはありますか」

「ないです。あ、いや、ひとつ」

今思いついたように、顔を上げて言った。

「どこかの週刊誌が、僕を『夜叉のように無慈悲に自殺志願者を殺害した』と書いたようですが、その比喩《ひゆ》は半分は当たっています。夜叉は古来、鬼神であると同時に、人間に恩恵を与える存在とも考えられていたのですから」

裁判長はどう答えていいのかわからないという顔をし、結審を告げた。

残すは三週間後の判決の言い渡しのみである。

その日の夜、わたしが夕食の用意をしていると、テーブルに置いたスマートフォンが震えた。

一也からの着信だった。もしかして、弁護士の最終弁論を気にして連絡してきてくれたのか。それだったら嬉しい。そう思って通話をオンにしたが、一也の声は聞こえなかった。

「もしもし。一兄?」

荒い息遣いが聞こえるばかりだ。

「もしもし、どうしたの」

「……薫子。今日な、課長に呼ばれて、……社内選抜の、ニューヨーク行きの話、白紙にもどすと、言われたよ」

呂律がまわっていない。わたしはとっさに壁の時計を見上げた。まだ午後七時前だ。

「一兄、飲んでるの?」

返事はない。この時間に呂律も怪しいほど酔うなんて、いったい何時から飲んでいるのか。

「やっぱり、わたしが一兄をネットで炎上させたことが原因?」

「俺がこの、社内選抜に、どれだけ懸けていた、か、おまえにわかるか——」

一也はわたしの問いには答えず、途切れがちに続けた。

「……ニューヨーク州立大学の、大学院、経営学研究科に、留学して、MBAを取得したら、ニューヨーク営業部に、配属されて、アメリカの機関投資家を相手に、大きな仕事をさせて、もらえる、はずだった。俺の夢だったんだ。それが、今日、パァーになった」

スマートフォンから重いため息が吹き出した。

「どう謝ったらいいかわからないけど、ほんとうに悪かったと思ってる。わたしが余計なことをしたばっかりに、一兄にこんな迷惑をかけてしまって」

一也は答えない。ただ歯を食いしばるような息遣いが聞こえるだけだ。

「一兄、お願いだから自棄《やけ》にならないで。一兄ならきっとまたチャンスがあるわよ。今まで頑張ってきたんだから」

「ダメだ……。俺は営業から、内勤に移ることになった。パソコン相手の、ノルマのない、ぬるい仕事だ。もう、人を動かすことも、大きなカネを、動かすことも、ない……」

「内勤だって、頑張ればまた認められるわよ。あきらめずに頑張っていたら――」

「何も知らないくせに、無責任なことを言うなっ」

いきなり怒鳴られ、わたしは言葉を失った。なんとか励ましたい一心だったが、一也には逆効果だったようだ。

「ごめんなさい。わたしはただ、一兄に元気を出してもらいたくて」

「その元気をなくす原因を作ったのは、だれなんだ。人の夢をぶち壊して、何が元気を出してもらいたいだ。自分の気持ちを俺に押しつけるな」

ほとんど揚げ足取りの怒りだったが、わたしは黙るしかなかった。

一也はそのあとも、呂律の怪しい口調でくどくど愚痴《ぐち》を続けた。ときに沈黙し、自分を憐れみ、だれかを罵《のの》る。わたしは申し訳ない気持ちと、情けない思いの両方を抱えて、じっと耳を傾け続けた。

しばらくすると、一也がこうつぶやいた。

「真也に死刑の求刑があったのが、決定的だった。あれで上層部の風向きが、変わったんだ。そりゃそうだよな。弟が死刑になった証券マンの言うことになど、だれが耳を傾けるもんか」

「ちょっと待って。真兄はまだ死刑と決まったわけじゃない」

わたしは思わず言い返した。「今日の公判で佐原弁護士が、真兄のやったことは殺人じゃない。承諾殺人だから、死刑の求刑はあり得ないと言ってくれたのよ」

必死に訴えたが、一也は反応しなかった。焦れったくてわたしは言葉を重ねた。

「真兄は、善意のつもりで自殺志願者を死なせてあげたの。被害者もそれは納得していた。だから、死刑になるような罪じゃないのよ。検察官は事実を曲げて、無理やり死刑を求刑したの」

「おまえは」と、それまでとはちがう強い声がスマートフォンから飛び出した。

「どうして、いつもいつも、真也の肩ばかり持つんだっ」

「肩を持つって、わたしはそんなつもりじゃ……」

「持ってるじゃないか。真也は三人も殺した殺人犯なんだぞ。理由なんか関係ない。それを何だ、善意のつもりだと。ふざけるな」

困惑と恐怖で声が出ない。一也は酔いに任せてさらに言い募った。

「俺はな、ずっとそれが気に食わなかった。子どものときから、おまえは何かというと真也の味方をして、俺を悪者にした。そうだろ、ちがうか」

「だって、それは、一兄が真兄をいじめてたから」

かろうじて言い返すと、真也は鼻で嗤うような息遣いで言った。

「おまえがそう思っていたのはわかってた。だけどな、俺がどれだけ真也をかばったか、知らないだろう。釣りに行ったら仕掛けを作ってやって、引っかかった針をはずしてやって、耐寒訓練で遅れそうになったときは荷物を持ってやったし、マラソンでペース配分を教えたり、中学校でも真也が不良に目をつけられて、殴られそうになったときは、俺が相手を宥めて守ってやったんだ」

「でも、真兄が引きこもりになったときは、知らん顔してたじゃない」

「それはおまえだろう」

意外な反論にわたしは戸惑った。

「俺は真也の部屋で相談にも乗ってやって、本を買ってきてやったりもした。あいつが哲学書を読みだしたのは、俺がニーチェのツァラトゥストラを勧めたからだ」

わたしは真也の引きこもりを、そっと見守るほうがいいと思い、結局、何もしなかった。一也がはじめのころ、真也の部屋に行っていたのは知っていたが、どうせ難詰しているか、嘲笑しているのだろうと思っていた。

「おまえはな、自分に都合のいいことしか見ていないんだ。俺がどれだけ一生懸命、おまえのことを思っても、おまえは真也にばかりなついて、俺には冷ややかな視線しか向けなかった」

一也こそわたしを軽んじ、まともに相手にしてくれなかったのではなかったのか。逆だったなんて、そんなはずはないと思いかけたとき、一也が深いため息をついて声を震わせた。

「……おまえはな、俺がどれだけ苦しい思いで育ったか、知らないんだ。それなのに、どうして――」

「待って。苦しい思いって、どういう意味」

凍《こお》り付いたような沈黙が流れた。わからない。一也に何があったのか。

「もういい」

最後に錆《さ》びたナイフのようにしゃがれた声が突き出て、通話は切れた。

一也の最後の一言をどう理解すべきか。

両親はわたしたち三人を分け隔《へだ》てなく育てたはずだ。仕事一辺倒だった父も、特に一也に厳しく当たったとは思えないし、母はそれこそ全員に深い愛情を注いでくれた。

――一也のことも、許してやってくれ。おまえには、わからないこともあるから。

ふと、父が前に言っていた言葉を思い出した。

真相を知るためにわたしは次の日の夕方、神奈川県立がんセンターの父を訪ねた。

裁判の傍聴や遺族宅への訪問などで時間を取られ、父の見舞いに来たのは十日ぶりだった。父は見舞いのたびにやせ、手足は細くなり、目も落ちくぼんでいた。腹水で膨れた腹は、まるで絵草子の餓鬼のようだった。それを見ると、父がこの世にいる時間は、もう長くはないと思わざるを得なかった。

病室のスライド扉を開けると、いつもの甘く饐《す》えたにおいはいっそう濃くなり、窓の光で陰影の深まった父の横顔には、すでに死相が出ているように見えた。

わたしは父の容態を訊ねたあと、佐原弁護士が最終弁論で、真也の罪は承諾殺人に当たると熱弁してくれたことを伝えた。

「それなら、死刑にはならないのか」

「だと思う」

確信があったわけではないが、今、無用に父を悲しませる必要はない。

わたしは詳しいやり取りは省いて、一也の洩らした一言を率直に告げた。

父はかすかな驚きを見せたが、慌てるふうでもなく、弱々しく笑った。そして、天井を見たまま深いため息をついた。

「まったく、桂子叔母さんも、ひどいことをしたもんだ――」

「どういうこと」

父の話はこうだった。

大叔母が銀行の融資を得るために、父に助力を求めてきたとき、父は本部の総務部にいて、融資には直接関わっていなかったが、できるだけの口利きはすると伝えた。それなのに大叔母は何を思ったか、たまたま一也と二人になったとき、「みんな秘密にしているけれど、おまえはほんとうはもらい子だ」と、吹き込んだというのだ。

「ひどい……。それで、お父さんたちはどうしたの。もちろん否定したんでしょう」

「いや。一也が黙っていたから、気がつかなかったんだ」

一也が小学校四年生のときだったらしい。十歳の一也は大叔母の話を真に受けて、恐怖に震えた。真也とわたしが実の子で、自分がちがうなら、いつ両親に捨てられるかわからない。そう思って一也はそれまで以上に努力をして、勉強でもスポーツでもいい成績を取ろうと頑張った。ほめられる子であれば、愛情もつなぎとめられると思ったのだ。一也が真也をいじめはじめたのも、そのころからだった。

「でも、一兄はどうしてお父さんたちにそのことを確かめなかったの」

「怖かったんだろう。親が隠している事実を知ってしまったと思い込んで、バレるとどんなことになるかしれないと思ったみたいだ」

いろいろなことに目ざとい一也は、あらぬ警戒心で自縄自縛に陥ったのだ。

「あいつがそれを確かめたのは、大学に合格したときだ。俺と同じ大学に入ったことで、もう捨てられることはないと思ったらしい。驚いたのはこっちのほうだ。母さんは泣きながら一也を抱きしめてやった。一也も大泣きして、子どものころから不安だったことをあらいざらいぶちまけた。俺も泣きそうだったよ」

そんなことがあったのか。知らなかった。それにしても、十歳の少年にまるでおもしろ半分に卑劣な嘘を吹き込むなんて、大叔母はいったいどういうつもりだったのか。

「あいつは自分の秘密をひた隠しにして、頑張ってきたんだ。桂子叔母さんの嘘がわかったあとも、真也と薫子には言わないでくれと母さんと俺に頼んだ。自分がそんな思いでいたことを知られたくなかったんだろう」

昨日、一也がそれを口にしたのは、よほどの絶望と怒りの結果なのだ。わたしは自分のせいで一也に迷惑をかけてしまい、仕事の上での貴重なチャンスをふいにしてしまったことを告げた。仕事人間だった父なら、一也の気持ちがわかるだろう。父が一也のために怒ってくれるなら、甘んじて受けようと思った。

しかし、父はすぐには何も言わず、思いを巡らせるようにしてからつぶやいた。

「人生には、思いがけないことが起こる。一也はまだ若い……。時間がたてば、またチャンスにも恵まれる……。すべては、通過点だから」

「一兄はまた立ち直れるかな」

「さあな……。今からでも、遅くない……。温かく、見守ってやってくれ」

途切れ途切れに語ると、父はやせた両腕を布団の上に投げ出し、疲れたように目を閉じた。薄く干からびたような瞼《まぶた》の下から、ひと筋、涙がこぼれた。

わたしはベッドサイドに座ったまま、その横顔を見つめた。仕事にばかり熱心で、家族サービスはほとんどしてくれなかったが、父は父なりに家族のことを考えてくれていたのだ。わたしは父の言葉に深い愛情を感じた。

しかし、現実は思い通りにならない。妻に先立たれ、息子は犯罪者になり、自らはがんで六十一年の生涯を閉じようとしている父は、この人生をどう受け止めているのか。努力もし、忍耐もし、工夫もしただろうに、結果はあまりに悲惨だ。

わたしは痛ましい気持ちでいっぱいになったが、父は目を閉じたまま、最後にこうつぶやいた。

「薫子。一也と、真也を、よろしくな」

続けてわたしは真也にも面会に行った。

一也を炎上させたせいで、夢だったニューヨーク行きがダメになったことを告げると、真也は憂鬱《ゆううつ》そうな顔でため息をついた。

「薫子はなんでそんなことをしたんだ」

「少しでも真兄の支援になるかと思って」

真也はうんざりしたように首を振った。なぜ余計なことをするのかと、暗黙のうちに非難しているようだった。

わたしが押し黙ると、真也は気分を変えるように言った。

「先週、白島先生が面会に来てくれた。先生は薫子のことも言っていたよ。僕のために一生懸命になっているって」

少しは理解を示してくれたのか。わたしはこの前から気になっていたことを訊ねた。

「真兄は安西詩織さんと話したとき、一兄のことを言わなかったらしいね。どうしてなの。いじめを受けていた詩織さんを励ますには、自分も一兄にいじめられていたことを話したほうが説得力あったでしょうに」

「いじめられてたって、だれが」

「だれがって、真兄はずっと一兄にいじめられてたじゃない。意地悪をされたり、バカにされたり、暴力を受けたこともあったんでしょう」

「倒されたことはあったけど、暴力というほどじゃないよ。それに一也は年上だし、もともと優秀だから、僕より何でもできるのは当然だと思ってた。いじめられたなんて思ってないよ」

まさか。真也がいじめられていたというのは、わたしの思い込みだと言うのか。そんなはずはない。

「だって、いつも恨みがましそうな顔してたじゃない」

「覚えてない」

「ほんとうにそう思ってるの。一兄にひどい仕打ちを受けたとは感じていないの」

怪訝な顔で首を振る。本気でそう思っているのなら、やはり真也の感情には大きな欠落がある。それが真也の歪な考えにつながっているのか。

わたしはさらに父から聞いた気がかりを訊ねてみた。

「一兄は十歳のころ、桂子大叔母さんから、あんたはもらい子だと言われたらしいよ。それでずっと親に捨てられるんじゃないかと怯《おび》えてたらしい。知ってた？」

「いいや」

「お父さんもお母さんも、一兄がそんな気持ちでいるとは知らず、大学に入ったとき、一也から聞いて驚いたんだって」

「なら、母さんは一也の気持ちがよくわかっただろうな」

「どうして」

「母さんも他人の家で育ったみたいなもんだろう」

母が複雑な家庭で育ったことは、わたしも少しは聞いていた。両親が幼《おさな》いころに離婚し、どういう事情かは知らないが、母は小学校に上がる前から親戚の家で育てられた。そのあたりのことは、母自身が言いたがらなかったので、わたしも詳しくは聞かなかった。

「真兄はお母さんからいろいろ聞いてたの」

「そうでもないけど、わかるさ。薫子は母さんが笑ったのを見たことがあるか」

母は内気だったから、微笑んだり苦笑いすることはあったが、晴れ晴れとした笑顔は記憶にない。

「僕が引きこもりをはじめたころ、冬のはじめに気温がぐっと下がったことがあって、部屋の窓を開けに来た母さんが、空を見上げて言ったんだ。わたしはこんな日がいちばん好きよって。曇り空なのに変だなと思ってみたら、嬉しそうに笑ってた。それまでそんな笑顔を見たことがなかったから、母さんは苦労したんだなと思った。曇った初冬の身の引き締まるような冷たい朝が好きなのは、母さんの人生そのものみたいだからだろう」

わたしはずっと、母を母親としてしか見てこなかった。これまでどんな思いで生きてきたのか、何が好きで、何が喜びで、何が生き甲斐だったのか、考えたこともなかった。わたしは母に甘えきっていたのだ。だから、母の苦しみに気づかず、なぜ自殺なんかしたのかと恨めしく思うばかりだった。

しかし、真也はちがった。母をひとりの人間として、対等に見ていた。母の気持ちを理解し、それをそのまま受け入れていたのだろう。だから許せた。ほんとうに母を思いやっていたのは、真也だけだったのだ。

そう気づいたとき、わたしは母の自殺を受け入れることができた気がした。きっと母さんもつらかったのだろう。わたしは母に謝りたい気持ちになった。

今、わたしの中にあるのは、真也を守りたいという思いだけだ。そのためには、真也の罪に関わりのある人物を聞き出さなければならない。

「瑠偉くんの母親の由羅さんから聞いたの。瑠偉くんを真兄に結びつけた人がいたのでしょう。『R.I.P.』ってだれ？　このアカウント名の意味は何？」

真也は一瞬、戸惑いを見せたあと、何かに思い当たったように薄く笑った。

「薫子はその略語を知らないのか。Rest In Peace.――安らかに眠れ、だよ」

そう言えば、ヨーロッパの墓石などに刻まれているのを見た気がする。だれがそんな不吉なアカウント名を使ったのか。

それ以上語ろうとしない真也に焦れて、わたしはアクリル板に顔を近づけて言った。

「その人は〝希死天使〟が瑠偉くんを救ってくれるかもしれないとか、まるでそそのかすようなメッセージを送ったらしいよ。真兄はその人を知ってるんでしょう」

知らないはずはない。その人物は真也のことを「人間的にも素晴らしい」などと書いていたのだから。

真也は視線を宙に遊ばせて、納得するように二度うなずいてからつぶやいた。

「SNSに〝希死天使〟のメッセージを出しても、自殺の手助けをしてほしいなんて人はおいそれと見つからなかった。そのことに僕は失望し、あきらめを感じはじめていた。でも、裏できっちり支援してくれていたんだな。だから、短い間に次々と〝希死天使〟に連絡をくれる人が現れたんだ」

つまり「R.I.P.」を名乗る人物が、千野さんや豊川さんをも真也につないだということか。

「真兄。そんなのは支援じゃない。真兄が罪を犯す手引きをした悪魔も同然じゃない」

「いや、『R.I.P.』はいつでも僕の味方だった。僕がやろうとしていたことを評価し、自殺志願者が見つからなくて焦りだしたときも、慰めてくれた。『Good things come to those wait』。——果報は寝て待てと言ってな。悪魔だとしても、先生は善良な悪魔だよ」

そこで刑務官が面会の終了を告げた。真也はこけた頬にかすかな笑みを浮かべて、立ち上がった。

「待って。それってやっぱり——」

わたしは追いすがるように呼びかけたが、真也は振り向きもせず扉の向こうに消えた。閉じられた扉は沈黙の決定を下しているようだった。

真也が「先生」と呼ぶ人物を、わたしは一人しか知らない。


六月十七日、ついに判決公判の日を迎えた。

父の容態が心配だったが、低空飛行ながらなんとか持ちこたえてくれていた。父のためにもよい報せを持って帰りたい。そう願いながら裁判所に向かった。

裁判所の前には初公判並みの傍聴希望者が集まっていた。わたしはいつも通り優先傍聴の席を用意してもらっていたので、抽選には並ばずに裁判所内に入った。人目を避けてロビーで待つ。傍聴席に着くのはいつも審理がはじまる直前だ。

時間を見計らって後ろの扉から入り、前方の関係者席に向かう途中、ふと視線を感じて立ち止まった。少し離れた席に白島司先生が座っていた。

先生は小さくうなずくと、心配そうな視線を向けてきた。わたしはとっさに怒りに駆られ、相手をにらみ返した。今さら何を心配するのか。自殺志願者を真也に結びつけ、凶行に及ぶのを黙過した張本人だというのに——。

その思いを読み取ったのか、先生は怪訝な表情を浮かべたが、私は無視して関係者席に向かった。

傍聴席は例によって左三分の一ほどがパーティションで仕切られていた。二人の検察官と佐原弁護士は、すでにそれぞれの席に着いていた。いずれの表情からも判決の予想は読み取れない。

開廷時刻の直前、刑務官に付き添われた真也が入ってきた。紺色のジャージの上下に坊主頭。頬はこけ、目はうつろで、判決に備えてバリカンを入れてもらったのか、頭皮の青さがいつも以上に目立つ。被告人席に座るとき、真也は顔を上げて傍聴席を見た。いつも同じ席に座っているわたしではなく、白島先生を見つけると、口元にかすかな笑みを浮かべた。

やがて、法壇の後ろから六人の裁判員が現れ、続いて三人の裁判官が中央の席に着いた。裁判長が開廷を告げ、真也は促されて証言台の前に進んだ。

どんな判決が下されるのか。傍聴席全体が緊張に包まれ、わたしは祈る気持ちで両手を組み合わせ、目を閉じた。

裁判長の声がいやに無機質に響いた。

「それでは判決を言い渡します。主文は最後に告げることにします。長くなるので、被告は席に着いてください」

その瞬間、傍聴席に衝撃が走り、論告求刑のときと同じく、前列の報道関係者の何人かが腰を屈めて後ろの扉から出て行った。意味するところは明らかだ。新聞や週刊誌の紙面に躍るであろう見出しが、脳裏に乱舞し、わたしはすぐには目を開けることができなかった。

真也は動じることなく、その場に置かれた椅子に座り、背筋を伸ばして裁判長に向き合った。

「まず、罪となる事実について述べます」

裁判長は準備した書面を淡々と読み上げた。その内容はほぼ検察官の主張に沿っていて、佐原弁護士の主張はほとんど取り入れられていなかった。

いちばんの争点であった被害者による殺害の依頼と承諾についてはこう述べた。

「三人の被害者は、それぞれ自殺願望を抱き、被告人に接近したものの、明示的な意思表示はしておらず、被告の証言にもある通り、具体的に殺害を依頼または承諾した文言も口にしていない。大田区の女性と調布市の男性には、リハーサルと偽って酒と睡眠薬をのませ、その後に殺害していることから承諾はあり得ず、川崎市の未成年男性は一見、合意の下で殺害したとも受け取れるが、その状況を証明するのは被告の供述のみで、承諾があったとまでは断定できない」

実際に承諾していないのなら、なぜ真也のアパートを何度も訪れたのか。それこそが承諾の証拠じゃないかと思うが、どうにもならない。

量刑の理由としては、犯行は計画的かつ悪質で、事前に遺体の遺棄場所を準備するなど、犯行の隠ぺいも図っていること、事件に対する反省や、遺族への謝罪も見られないこと、さらには、自殺願望を持つ者であれば、殺害も許されるという被告の考えは、到底、社会に受け入れられるものではないこと、SNSを悪用して、自殺願望者を募り、これを連続して殺害するという手法は、社会に与える不安と衝撃も大きいことなどを挙げた。

判決理由を読み終えたあと、裁判長は真也に言った。

「それでは主文を告げます。被告人は起立してください」

真也が立ち上がると、裁判長は視線を避けるように判決書に目を落として言った。

「主文。被告人を死刑に処する」

裁判長が顔を上げると、真也は背筋を伸ばして一礼した。

そのあと、裁判長が控訴の手続きを説明して閉廷した。

真也はどう感じているのか。

二人の刑務官が真也に近づき、両側からはさむようにして、右側の扉に連れて行った。出て行く直前、白島先生のほうを振り返り、わずかの間、視線を留めた。表情は動かない。続いて、最前列にいるわたしを見た。やはり無表情だった。わたしは声をかけたかったが、口を動かせなかった。

真也は二秒ほどわたしを見たが、無表情のまま向き直り、扉から出て行った。

報道関係者や一般の傍聴人が出口に向かっても、わたしは立ち上がることはおろか、顔を上げることさえできなかった。

「残念だったわね」

振り返ると、白島先生が立っていた。

「厳しい判決だったけれど、控訴することもできるわ。真也さんがしたことは、決して悪いことじゃない。むしろ、よいことだとわたしは信じている」

慰めているつもりなのか。すべては自分が仕組んだことなのに。自分は手を汚さず、自殺志願者をそそのかし、真也を引き留めることもせず、逆にその手助けをしたくせに。最初に真也のことを聞きに行ったときには、心療内科医として関わりながら、事件を止められなかったことに責任を感じて悩んでいるとも言っていた。いったいどこまで鉄面皮《てつめんぴ》なのか。

わたしは我慢しきれず、先生をにらみ上げて言った。

「アール・アイ・ピー」

「何?」

「Rest In Peace」

声を強めて言うと、白島先生は「フッ」と、冷ややかな嗤いを洩らした。

「メールか何かで知ったのね。わたしも気になっていたの、誤解されそうだったから」

誤解?　いったいどう誤解されるというのか。しかし、面と向かいながらまったく動じない態度に、わたしは戸惑った。

白島先生はいかにも残念というそぶりで声を低めた。

「信じられないかもしれないけれど、わたしは真也さんとあなたのことを、ずっと気にかけていたの」

「わたしたちのことを――？」

「そう。今まで言わなかったけれど、真也さんが特別な考えを抱いて、あんな事件を起こすようになったいちばんの原因は、実はあなたなのよ」

真也が自殺志願者の死を肯定し、殺害にまで及んだのは、わたしが原因？　あり得ない。即座に否定の気持ちが湧いたが、もしかして、わたしの気づかないところで、真也に影響を与えてしまったこともあるのだろうか。

応えられずにいると、白島先生は緩やかに口元を歪めた。

「あなたには助けが必要だわ。わたしなら力になれる。そのことは、またゆっくりお話ししましょう」

そう言って、後ろの出口から出て行った。

不安に襲われたが、それを確認する相手はもういなかった。

＊　＊　＊

【編集部解説】

「週刊潮流」記者・岸元貴

村瀬薫子氏の手記はここで終わっている。

「希死天使事件」として、村瀬真也氏が世間を騒がせてから、すでに五年半がたつ。

三年前の六月に死刑判決が出て、弁護士は控訴したが、本人が控訴を取り下げ、死刑が確定した。

私が村瀬薫子氏からこの手記を受け取ったのは、一審判決の一週間後の六月二十四日だ。

薫子氏の消息は、今も不明のままになっている。

次兄の死刑判決のあと、薫子氏は私に連絡してきて、白島司医師の事件への関与について、報道してほしいと依頼してきた。

薫子氏は、三番目の犠牲者である星野瑠偉さんの遺族からの情報で、真也氏と瑠偉さんをつないだのが白島医師であることを知り、千野翔子さんと豊川耕介さんの遺族にも連絡して、二人のSNSにも白島医師のアカウント名である「R.I.P.」とのやり取りがあったことを確認した。すなわち、三人の犠牲者は、すべて白島医師によって真也氏につながれたというのである（私が取材した安西詩織さんのSNSには、「R.I.P.」とのやり取りがなく、彼女だけは自ら真也氏につながったようだ)。

薫子氏は判決公判で、傍聴に来ていた白島医師に、自殺志願者と真也氏をつないだ人物を知っていることを仄めかした。すると白島医師は、真也氏が事件を起こしたのは薫子氏に原因があるかのように告げ、改めて話し合うことを提案した。

その段階で薫子氏が私に連絡してきたので、私は薫子氏の身を案じ、白島医師との面会は見合わせたほうがいいと忠告した。

その後、薫子氏は真也氏に面会して話を聞いた。その結果、驚くべきことを知らされ、私に長文のメールを送ってきた。

一部を引用する。


『事件の原因はわたしだったと、白島先生が言ったことを伝えると、真也は驚いたようでした。だから「そんなはずないよね」と念を押すと、真也は「いや、そういう側面はある」と肯定したのです。そのあとの説明は、わたしには耐えがたいものでした。

真也が事件を起こす前の年、女優の逢沢倫子《あいざわりんこ》さんが自殺したでしょう。小さな子どももいるのに、はっきりした理由がわからない自殺だと報じられました。

そのニュースを見たとき、わたしは何気なく、「かわいそう」と言ったのです。すると、真也が「そんな一言で片付けるな」と怒りました。

「だって、かわいそうじゃない」と反論すると、「本人が知ったらどんな気持ちになると思うんだ。これまでいろいろ喜びや悲しみもあっただろうに、『かわいそう』の一言で人生が消費されてしまうんだぞ」と言葉を強めました。

「消費って何よ」と聞くと、「関係のない第三者がよく知りもせず、終わりにすることだ」と答えました。

わたしはそんなつもりはないので、「悪気はないわ。ふつうの感覚でしょう」と言い返しました。

すると真也はますます感情的になって、こんなことを言ったのです。

漫然と憐れむことの無神経さ、思慮のなさにおまえは気づかないのか。そういう悪気のないふつうの感覚が、浅はかな自殺の否定につながっているんだ。

「じゃあ、真兄は彼女の自殺を肯定するの」

わたしもムキになって言い返しましたが、真也はイエスともノーとも答えませんでした。

彼はこの話を白島先生に伝えたようです。先生は真也に同調し、わたしのように安易で表層的な考えをする者が、自殺する人を苦しめ、傷つけていると言ったそうです。

そして、すべてではないけれど、自殺の中にも容認すべき自殺があり、死を求めた人は尊厳を守られるべきだと言ったのです。

それが真也が自殺志願者の殺害を実行するきっかけだったわけです』

すなわち、真也氏の犯行の根底には、薫子氏の一言があったということだ。そう聞かされたときの薫子氏のショックは、想像に難くない。

さらにメールはこう続いていた。

『白島先生は、わたしには助けが必要だと言いました。岸さんが心配してくださる気持ちはありがたいですが、実際、わたしは今、この状況をどう理解すればいいのかわからず、不安と混乱の極みにいます。何を言われるかわかりませんが、とにかく明日、先生に会ってみようと思います』

薫子氏も何らかの危険を察知していたのだろう。念のため、これまで彼女が書いた手記を私に預けたいとメールで申し出た。添付文書で送られてきたそれを、万一の場合には公表してほしいという依頼をつけて。

あのとき、私はなぜもっと真剣に薫子氏を止めなかったのか。今はそれが悔やまれてならない。

白島医師との面会の結果を待っていたが、薫子氏からの連絡は途絶え、勤務先に問い合わせても行方が知れなくなった。

薫子氏の父・寛之氏は、末期がんで神奈川県立がんセンターに入院していたが、真也氏の判決の十日後に亡くなった。薫子氏によれば、真也氏の死刑判決は伝えず、承諾殺人が認められたと嘘の報告をしたとのことだった。

薫子氏が失踪したあと、長兄の「一也」氏に連絡しようとしたが、彼は体調を崩して都内の精神科病院に入院していたので、十分な会話ができなかった。

致し方なく、私は薫子氏の勤務先だった栄創堂書店と相談し、藤沢警察署に捜索願を提出した。しかし、先にも書いた通り、薫子氏の行方は今もわかっていない。


白島司医師について調べたところ、彼女が院長を務めていた相模原市中央区上溝の「ホワイト心療内科クリニック」は、薫子氏が白島医師と会ったと思われる六月二十五日の翌日、張り紙一枚で閉院し、白島医師自身も同月二十七日に、ユナイテッド航空7946便で成田《なりた》からロサンジェルスに出国したことが調査の結果わかった。その後の足取りは不明である。

薫子氏の手記から、白島司医師は自らが専門とする精神病質、すなわちサイコパスの可能性が高いと思われる。

サイコパスは自分の手は汚さず、他人に罪を犯すようそそのかすなどの特性があると言われる。「希死天使事件」も、その構図で考えるなら、陰の主犯は白島司医師だと言えるかもしれない。であれば手記に出てくる分類のうち、彼女は最悪の組み合わせ、すなわち〝邪悪なサイコパス〟ということになるだろう。

白島医師は今、どこにいるのか。

村瀬薫子氏は無事でいるのか。

いずれも霧の中である。


手記の刊行については、時間がかかったが、薫子氏の大叔母にあたる宮城野桂子氏と、次兄・村瀬真也氏の二人から承諾を得ている。

宮城野桂子氏にはコピーを渡したが、なかなか読んでくれず、何度か催促してようやく了承を得た。きちんと目を通してくれたかどうかはわからない。

真也氏は薫子氏の意思を尊重したいと言い、手記をそのまま刊行することを了解してくれた。

「一也」氏にも接触したが、面会したもののほとんど反応がなく、意思の疎通は困難だった。従って、手記では「一也」氏のみ、こちらで仮名に改めた。

主治医によれば、退院の目途は立っていないとのことである。

手記の出版交渉のために、私は拘置所の許可を得て、何度か真也氏に面会した。

最初に会ったときの印象は、死刑判決を受けた人とも思えない落ち着いたものだった。薫子氏も書いている通り、坊主頭で頬がこけ、全体にやせた体軀《たいく》は修行僧のそれを思わせた。ただし、黒目がちの目は澄んでいて、ある種の満足と、平静さに満たされているようだった。

薫子氏が行方不明であることを伝えると、一瞬、動揺したようだったが、なんとか平静を装い、詳しい事情を聞きたいと言った。

薫子氏は白島医師と会ったあとに連絡が取れなくなったこと、白島医師もその直後、クリニックを閉めてアメリカに渡ったこと、その所在は不明であることを告げると、真也氏は衝撃を受けたようすで、しばらく何かを思い巡らせていた。やがて眉をひそめると、痛ましげに目を細め、かすかな吐息を洩らした。

「驚かないのですか」

私が聞くと、真也氏は目線を下げたまま、どこか投げやりな調子で答えた。

「白島先生なら、それくらいのことはするでしょう。僕にもいろいろさせようとしていましたから」

「自殺志願者を殺害したことですか。あなたは白島医師にそそのかされて、事件を起こしたのですか」

「白島先生が僕にそうするよう仕向けていたのはわかっていましたよ。でも、わざと気づかないふりをしていたんです。自殺したい人の力になるのは、僕自身、いいことだと思っていましたから」

負け惜しみのような、あくまで自分の意思を強調するような言い方だった。それは真也氏のぎりぎりの矜持《きょうじ》――白島医師に操られ、見捨てられたことを認めたくないという――の表れのようでもあった。

私は少し間を置き、真也氏が落ち着いてから改めて訊ねた。

「自殺を願う人は、死なせてもいいのですか」

「それはもちろんいいでしょう。本人が望んでいるのだから」

冒頭に掲げた言葉だが、裁判でも同じような発言があったようだ。異質な主張であるはずなのに、真也氏は強弁するそぶりを見せなかった。そのせいで、逆に彼の揺るぎない信念であることを感じさせた。

「薫子さんのことは心配ではないのですか」

「心配だけど、おそらくもう死んでいるでしょう」

淡々と答える真也氏に、私は強い違和感を抱いた。

「万一、薫子さんが亡くなっていたら、どう思いますか」

「薫子はこれ以上悩まなくてすむから、それはいいことかもしれません」

「薫子さんは、あなたのことを心から気にかけていたのですよ。大事に思っていたのですよ。それなのに」

「僕だって、薫子を心から大事に思っていますよ」

「悲しくないのですか」

「僕の感情など、どうでもいいです。薫子は自分の思う通りに行動し、懸命に生きたのです。死んだのなら、もう幸せになれないのはかわいそうだけれど、生きていればいいとも思わない。幸せになるか、不幸になるかはわからないですから」

五分と五分というわけか。理屈ではそうだが、あまりに非人間的ではないか。私はたまらず真也氏に強く迫った。

「どうしてそんなふうに理性だけで考えようとするんです。機械じゃあるまいし、人間は理屈では割り切れないでしょう。希望を持とうとは思わないんですか」

「都合のいい希望は持ちません」

「それでも可能性はあるでしょう。人が生きていくのに希望は大切です。なぜ受け入れようとしないんです」

「それはまやかしだし、安易で無責任だからです」

なぜここまで希望を拒否するのか。潔癖というより自虐的、破滅的ですらある。私には真也氏の気持ちが理解できなかった。

「妹さんが亡くなって、ほんとうに悲しくないのですか」

改めて聞くと、刹那《せつな》、真也氏の表情が揺れた。そのあとで声を荒らげた。

「だから、僕の感情なんかどうでもいいんですよ」

怒鳴るように言い、目の前の台に両手を打ちつけた。にらみ合ううちに、見る見る白目が充血し、涙があふれた。顔が歪むのを必死に堪えながら、口元がかすかにけいれんしたかと思うと、いきなり台の上に突っ伏した。そして拳《こぶし》を握りしめ、腕を肩ごと小刻みに震わせた。

真也氏は自分の悲しみより、薫子氏の行動に無理やり寄り添おうとしたのだろう。常に相手の気持ちを尊重すべしという信念に忠実であろうとして、自ら決壊したのだ。

真也氏は決して非人間的ではない。あまりに潔癖であるがゆえに、自分を追い詰め、破綻した。妹の死を理性で受け止めきれず、最後に感情をあふれ出させた真也氏に、私は確かな人間性を見た気がした。


今年の九月十九日、死刑判決から三年三ヵ月という早さで、真也氏の刑が執行された。それまでに、手記の内容を確認するため、私は真也氏との面会を続けた。

最後に会ったとき、真也氏は私にこう語った。

「僕は単純に自殺を肯定しているわけではありません。自殺の全否定を否定したかったのです。全否定は思考停止ですからね。相手のことを思っているつもりでも、実は自分の感情を優先している人は多いでしょう。生きるのは当然で、死ぬことはいっさい認めない。それを疑いもしない人の思いやりのなさが、僕には耐えられないのです」

そして、冒頭に掲げたもうひとつの言葉を遺した。

「ほんとうの思いやりについて、もう少し真剣に考えてみてください」

重い言葉だ。

ほんとうに相手のことを思いやるためには、どうすればいいのか。

答えはこの手記の中にあるのかもしれない。

参考文献

『久坂葉子作品集 女』　久坂葉子 著　六興出版　一九七八年
『フランス短篇傑作選』　山田稔 編訳　岩波文庫　一九九一年
そのほか、新聞記事、インターネットの情報などを参考にしました。

久坂部 羊 くさかべ・よう
1955年大阪府生まれ。小説家・医師。大阪大学医学部卒業。
大阪大学医学部附属病院にて外科および麻酔科を研修。
その後、大阪府立成人病センターで麻酔科、
神戸掖済会病院で一般外科、在外公館で医務官として勤務。
同人誌「VIKING」での活動を経て、
『廃用身』（幻冬舎）で2003年に作家デビュー。
『祝葬』（講談社）、『MR』（幻冬舎）など著作多数。

R.I.P.《アール アイ ピー》 安《やす》らかに眠《ねむ》れ

2021年 11月24日　第1刷発行

著者　久坂部《くさかべ》 羊《よう》
発行者　鈴木章一
発行所　株式会社講談社
東京都文京区音羽2-12-21 郵便番号 112-8001
電話 出版 03-5395-3506
販売 03-5395-5817
業務 03-5395-3615

本文データ制作　講談社デジタル製作
印刷所　豊国印刷株式会社
製本所　株式会社若林製本工場

 ISBN978-4-06-526137-8 N.D.C.913 263p 20cm